夏季限定熱帶水果百匯事件

THE SPECIAL TROPICAL PARFAIT CASE

米澤穗信
YONEZAWA HONOBU

夏期限定トロピカルパフェ事件

THE SPECIAL TROPICAL PARFAIT CASE

by

Honobu Yonezawa

2006

目錄

序章　像棉花糖一樣

我聞到了醬汁的燒焦味道。光是這樣就已經很香了，但除此之外還瀰漫著醬油和油的味道，以及砂糖融化的甜香，雜七雜八的味道全都混在一起，實在不太好聞。今天有祭典，本市最大的馬路從傍晚就禁止車輛進入，路旁擠滿了掛著色彩鮮豔簾子的攤販。在摩肩擦踵的擁擠人潮中，我悠哉地走著。

我讀的學校船戶高中就快要考試了，校方特地叮嚀我們「現在應該專注於學業，不要因為有祭典就一直跑出去玩」。

致力於追求小市民之道的我，小鳩常悟朗，該怎麼看待這條禁令呢？

若是以為「禁止的事就不做才是小市民」那就太天真了，真正的小市民應該說「規則就是用來打破的」，照樣在晚上跑出去玩，看到老師或輔導員再偷偷摸摸地躲起來，這樣才對。所以我現在正在逛攤販。

麻煩的是，我根本看不到任何感興趣的東西。雖然我覺得在祭典上興奮過度地花很多錢買些不必要的東西才是小市民該做的事，但是面對這些廉價商品，我完全鼓不起食慾和物慾。我只是冷冷地看著攤販，心想站前小巷裡賣的章魚燒還更便宜、更好吃，所以一點都興奮不起來。也罷，純粹來體驗一下祭典的氣氛也好啦，雖然這氣氛充滿了醬汁、醬油、油、砂糖的味道。

暖風徐徐吹來。這不是由於攤販的鐵製煎盤，而是因為已經到了夏天。光看有這麼多人上街，今晚想必可以過得很舒服。

七月。即將來臨的考試是第一學期的期末考。我的成績說得謙虛點是中段的前面，說得驕傲點也不過是前段的尾巴，就算訓導處不特別要求，我也不能只顧著玩。勤勉地度過了一年高中生活後，到了二年級就要漸漸面對現實，開始考慮升學或就業了。嗯……雖然也沒有急迫得像是火燒屁股啦。逛攤販還是得適可而止，畢竟考前熬夜念書也是小市民的本分。

「……喔？」

我在烤魷魚的攤販前看到了熟人的面孔。那是高一時和我同班的某某，他個性隨和，聊起來很輕鬆，所以我在學校經常和他說話。他今晚還弄了個梳高的髮型，看似卯足了勁。他的T恤上寫著一些字母，但那不是英文，所以我看不懂。某某自己看得懂嗎？如果那是德文或某種語言的髒話該怎麼辦啊？無所謂啦，反正別人也看不懂。我正在想這些事的時候，突然和買了魷魚腳的他四目相對。

我抬起手，雖然他多半聽不見我的聲音，我還是說：

「嗨。」

他也做出相同的動作，只是這樣。我隨即走開，把某某的事拋諸腦後，我想他應該也一樣。我不是因為他身邊貼著一位班上的女生才不好意思打擾他，而是因為我們沒有熟到連在校外都會往來。我們兩人對此應該都是心知肚明。

我們並不是討厭社交，只是對高中生來說，在學校這個小世界的裡面或外面本來就是兩回事，無論是人際關係、時尚，還是性格。說不定校內校外的差別還大過在家和外出的差別。到了校外，就會完全變成另一個人。

其實我一路走來已經看到好幾個認識的人，有些是船戶高中的學生，有些則是很久以前在鷹羽中學見識過我那糟糕性格的人，我對他們都只是點頭打招呼，有些甚至假裝沒看到，直接走過去。這種程度的禮貌性疏離不只是小市民該有的修養，更是一般人的生活常識。

我在學校裡不算孤僻，但是到了校外還會交談的對象只有一個。

那人叫堂島健吾，是個既有力氣又有義氣的壯漢，他剛進高中時只有臉是方的，這一年來練得越來越壯，現在連身體看起來都是方的。其實我們算不上親密，何止不親密，根本可以說是疏遠，但可憐的健吾老是不懂得看氣氛，所以不知道在校內校外有不同的禮儀。

反正今晚人這麼多，不可能剛好撞見他的。我正在思考買個雞蛋糕或糖炒栗子之後就回家，突然有人從後面拉住我附扣T恤的衣領。

我被勒住脖子，頓時發出青蛙般的哀號。這是怎麼回事？該不會是有人來找碴吧？我回頭一看……

「……咦？」

是狐狸。

一個白底紅邊的狐狸面具從我肩膀的高度仰望著我，面具上有長長的鼻子，左右各有三根黑黑的鬍鬚。

祭典攤販確實少不了面具攤子，不過這個面具並不是路邊攤賣的那種塑膠玩具面具，而是木頭雕刻的真傢伙……這是怎麼搞的？

戴著狐狸面具的是一個穿浴衣的嬌小女孩，她的浴衣是淺粉紅色的，上面有描著金邊的白色牽牛花，從袖口伸出的右手抓住我的衣領，左手自然垂下。照這樣看來，這個面具不需要用手拿，而是用繩子之類的東西綁住。雖然是充滿解放感的祭典之夜，穿浴衣、戴狐狸面具也太經典了吧。

夏夜，人山人海的祭典上，稻荷大神的使者突然出現。不過牠找我這個平凡高中生要做什麼？我滿心都是疑問。

我揮開抓住我衣領的那隻手，稍微蹲低身子，把視線移到和對方相同的高度。

「怎麼了，小妹妹？妳和媽媽走散了嗎？」

……我的小腿骨突然感到一陣劇痛。穿浴衣的女孩似乎對日式傳統風格很執著，連腳下穿的都是有著高高木齒的黑漆木屐。那木屐又重又硬，而且踢到我小腿的是尖角的部分，我痛得都叫不出來了。

眼角浮現淚光。

我丟臉地抱著小腿跳來跳去，忍不住抱怨：

「妳踢得太用力了啦……小佐內同學！」

穿浴衣的女孩用雙手抓住狐狸面具，輕輕摘下，露出了如烏鴉羽毛般烏黑的齊肩短髮。這髮型太古典了，所以我不會叫它鮑伯頭，而是妹妹頭。細細的眼中是純淨的眼眸。小小的嘴巴。這是一張如假包換的童顏，一張孩子的臉。我在男生之中不算特別高，而她的身高只到我的肩膀，不認識的人看了一定會以為她是跟親戚大哥哥一起來逛攤販的小學生。

但這女孩已經高二了，她叫小佐內由紀。

小佐內同學和我從國三的夏天就在一起了……或許是因為這樣，我沒有注意到小佐內同學也稍微長高了一點。她明明戴著狐狸面具，為什麼我還認得出她呢？說穿了很簡單，會戴著這麼有民俗風格的面具，還會突然拉住別人衣領的女生，在我認識的人之中只有小佐內同學一個。

小佐內同學摀著嘴，睜大眼睛。

「對、對不起，我不習慣穿木屐踢人，所以沒有踢好……」

「那妳習慣穿什麼鞋子踢人啊？」

她的頭和狐狸面具一起搖動。

「啊，我不是那個意思啦……對不起，很痛嗎？」

雖然我被踢時痛得眼冒金星，但還不至於痛那麼久。我放下腳，擠出笑容。

「還好啦。」

「是嗎……」

小佐內同學無力地低下頭。

「可是，你說的話真的傷到我了……所以你可以原諒我嗎？」

「無所謂啦。」

「太好了。」

小佐內同學溫和地笑了。阿哈哈，太假了，小佐內同學才不會為了這點事而受傷咧。會讓她受傷的事，應該是，那個……更嚴重的事。

她把脫下的狐狸面具綁在腦袋右側。那似乎是用風箏線綁的，因為線太細，所以不太好綁。不過……

「妳這東西是在哪買的啊？」

「啊？你說這個面具？」

小佐內同學一邊把風箏線綁成蝴蝶結，一邊瞟著我。

「我是在木工的店面看到的。因為很可愛，我就忍不住買下來了。」

據我所知，小佐內同學鮮少覺得什麼東西可愛。說得更正確，她不會胡亂把「美麗」或「感興趣」的東西形容成「可愛」。如此說來，小佐內同學似乎真的認為這個彷彿會出現在夢中的白狐面具很可愛。

……算了，不要隨便批評別人的喜好。

好不容易綁好風箏線後，小佐內同學把雙手交疊在背後，微笑著說：

「小鳩，我們一起走走吧。」

「啊？」

我有點疑惑。

我說會在校外跟我熱情交談的人只有堂島健吾，這是千真萬確的。

雖然我和小佐內同學經常一起行動，但是都有某種目的。我和小佐內同學共同擁有的最大目標就是近在眼前卻始終抓不到的六等星——「小市民」。我們渴望每天過著平靜的生活，並且堅決躲避妨礙平穩生活的所有事物，此外，我們還會為了盡早清除麻煩或可能成為麻煩的一切事物而互相利用。

那麼，小佐內同學會想在祭典的夜晚和我一起走在大街上，到底有什麼企圖？我猜不出來，但這只是一瞬間的事。我發現小佐內同學朝我右邊瞄了一眼，立刻就猜到了她的想法。

「前面是不是有妳不想撞見的人？」

戴在腦袋右側的狐狸面具稍微遮蔽了小佐內同學的臉，而我走在她的左側，所以她若是低頭盯著木屐走路，別人只有從正前方才能認出她。更何況她打扮得這麼傳統，更不容易看出來。

如同在肯定我的猜測，小佐內同學確實低著頭走路，連回答的時候都沒抬頭。

「嗯。」

「是同學嗎？」

「以前的同學。」

在人潮之中停下腳步會擋到別人，所以我繼續往前走，小佐內同學也隨著我的步調跟來。即使在祭典的嘈雜聲中，她那黑漆木屐喀啦喀啦的腳步聲還是清晰可聞。

「只要掉頭就好了嘛。」

「我的腳踏車停在前面。」

「喔……」

那就沒辦法了。

因為小佐內同學低著頭，所以我聽不太清楚她說話的聲音。斷斷續續的，大概在說：

「能遇到你真是太好了。」

「妳在找我嗎？」

「因為你說過會來，我心想說不定會遇到你……但我沒有抱著太大的希望。」

「的確，今晚人太多了。真虧妳找得到我。」

我差點說出「而且妳這麼矮」，趕緊把話吞回去，否則說不定又要被踢了。

對了，我好久沒跟小佐內同學一起走在街上了。最後一次是什麼時候呢……我試著回溯記憶，卻想起了很不妙的事。應該不只有那一次，但我卻想起已經過了一年多、發生在去年春天的事。那次我碰巧在路上看到了剛買新手機的小佐內同學。

唉，想起不願回憶的事了。那天我說要請小佐內同學去吃配上店家自製果醬的美味優格，那個約定直到今天都還沒實現。都已經是一年前的事了，小佐內同學還記得嗎？如果她還記得的話……現在還不遲，我最好先想個打圓場的方法。小佐內同學可是非常熱愛甜食的。

小佐內同學第二喜愛的就是甜食，只要是為了甜食，在體力和資金許可的範圍內，不管多遠她都願意去。

……至於小佐內同學第一喜愛的事物，其實是「復仇」。

小佐內同學的外表雖然柔弱，但她就像是善於反擊戰術的拳擊手，會為了狠狠地反擊而等待對方的進攻。她很想埋葬這種性格，埋葬身為「狼」的自己，所以她才渴望當個小市民。

而我非改不可的性格則是天生喜歡插嘴別人的事。正所謂旁觀者清，我老是對別人的事情指手畫腳，在沒必要的情況下賣弄小聰明，裝腔作勢地展示自我，經常惹別人討厭。這種「狐狸」般的作風正是我必須用「小市民」的原則去埋葬的東西。

……在去年春夏之際，我和小佐內同學揭發了一樁偽造證件的犯罪，不知道是不是因為我們的行動，有五個人遭到了逮捕。這絕對不是小市民該做的事。後來我們深深地反省，從那年夏天以來的一年都過得很低調，差不多已經坐穩了「小市民」的寶座。

「啊！」

小佐內同學突然叫了一聲，指著某處。我還以為發生什麼事了，轉頭一看，原來是一個棉花糖攤子。

她悲痛地扭曲著表情，擠出聲音說：

「我忘記吃棉花糖了！」

我在這祭典之夜是出來散步的。

不過，小佐內同學似乎是出來大快朵頤的。

明知自己不解風情，我看到她那期盼的模樣還是忍不住潑冷水。

「小佐內同學，妳知道棉花糖的成本是多少嗎？」

「……」

「妳知道砂糖有多便宜嗎？妳知道多麼少的砂糖就能做出棉花糖嗎？」

小佐內同學用力踏了一下木屐，抬起原本低俯的臉，堅定地說道：

「貴或便宜不是重點……我就是想吃棉花糖嘛！」

沒想到她如此堅決，這反而是我不對了。

如今小佐內同學的右臉被狐狸面具遮住，左邊被我遮住，前方又被巨大的棉花糖遮住，在全方位的防守下走在人群中。她踩著木屐前行，不時咬一口棉花糖，臉上笑咪咪的。我本來以為她買棉花糖是要當作面具來遮臉，看樣子是我想太多了。

小佐內同學顧著吃棉花糖而越走越慢，我只好配合她放慢腳步。基於身高的差異，我的步伐本來就比她大，還要配合她慢慢走實在不太容易。我裝作若無其事的樣子悠哉悠哉地走著，其實一邊偷偷地打量四周，因為我對小佐內同學「不想撞見的人」很有興趣。

順帶一提，小佐內同學說她的腳踏車停在前面，所以就算前面有她不想撞見的人還是得過去，這話是騙人的。小佐內同學穿的是浴衣，如果要騎腳踏車，就得把下襬掀起來。就算掀起下襬，頂多只能看到小腿，跟制服裙子差不了多少。要這樣想也很合理，不過她腳下還穿著木屐，即使穿著浴衣騎上腳踏車，穿著木屐還是很難踩踏板。如果她一定要堅持日式風格，也可以改穿草鞋，但小佐內同學還是穿了木屐，可見她一定不是騎腳踏車來的。

如果沒有騎腳踏車來，她還要遮遮掩掩地走過去，唯一的可能性就是「雖然不想被對方撞見，還是想要看看對方」。既然那人這麼特別，我也想看一看。

小佐內同學應該有什麼理由吧。這是一定的，如果沒有特別的理由，她鐵定不會叫我一起走。不過，我不知道理由是什麼，目前沒有更多線索能供我推測。

……算了，反正應該不會是多大的理由。我們的目標是成為「小市民」，既然會這樣想，就代表我們自我意識過剩，覺得自己並不平凡。把小不拉嘰的東西想得巨大無比，還驚慌失措地想著一定要做些什麼才行。我們如此自我膨脹，如此不踏實，就像棉花糖一樣。

我不斷地左顧右盼，藏在棉花糖後面的小佐內同學就問道：

「你在看什麼啊？」
「喔喔，沒有啦，我只是在想買了糖炒栗子就要回家。」
我並非完全在說謊，至少有一成是真心的。小佐內同學歪起腦袋，包在竹籤上的棉花糖也以相同的角度傾斜。
「前面沒有糖炒栗子喔。」
「是嗎？算了，反正我也不是非得吃到不可。」
小佐內同學說的沒錯，前面的攤販只有奶油馬鈴薯、打靶、撈彈力球、巧克力香蕉、賣氣球的，然後就沒了。我拿出手機看看時間，比我想像得更晚。我還得準備考試，差不多該回家了。
我停下腳步，正想道別，小佐內同學停下了啃食棉花糖。
「對了，小鳩，你暑假有什麼預定行程嗎？」
第一學期期末考考完以後當然就是放暑假了。至於我的預定行程嘛……
「沒什麼。妳呢？」
「唔……」
小佐內同學抬頭想了一下，又舔了舔棉花糖，微笑著說：
「我啊……有一種很棒的預感喔。」

看到她的笑臉，我也回以微笑。

對暑假有很棒的預感嗎……

身為小市民，應該可以期待為夏天留下美好的回憶吧？

第一章　夏洛特蛋糕是我的

1

都是這該死的暑氣害的。我是這麼認定的。如果一切都和平時一樣，我鐵定不會想到要做這種事。

現在屋子裡只有我和小佐內同學，也就是說，我不需要擔心被別人看見。以前我們也曾經兩人獨處，但我從沒想過要對小佐內同學出手。直到今天為止。

冷氣正在吹出涼風，但我根本感覺不到。我感覺自己累積了夏天熱氣的體內變得無比激動，同時卻又覺得腦袋的中心部位漸漸變冷。我注意到自己在流汗，便把手帕按在耳下。我的喉嚨因緊張而發渴，所以稍微喝了一小口小佐內同學幫我倒的冰麥茶。

為了慰勞在大太陽底下出去跑腿的我，小佐內同學掛著一如往常的含蓄笑容端出了這杯冰麥茶。當時的她一定想都沒想過我會背叛她吧。

背叛信任自己的人是一件很痛苦的事，我不禁對小佐內同學感到抱歉……但是，毫無疑問地，這件事確實也令我感到興奮。

好啦，既然決定要做，那就放膽去做吧。既然要做，就得做得不露痕跡。

我悄悄地伸出手去。

……因為該死的暑氣，讓每個人都變得不正常了。無論是我或小佐內同學都一樣。如果一切都和平時一樣，我鐵定不會想到要做這種事。

回想起來，之所以會演變成這個局面，是從昨天就開始的。

2

高二的暑假。

假期的第一天，小佐內同學跑來我家。

傍晚時分，我被門鈴聲叫出去。我一打開門就看見小佐內同學，座椅降到最低的腳踏車停在一旁。小佐內同學的外表本來就比實際年齡小，如今她穿著織入金線的小背心、戴著粉紅色貝雷帽，看起來更是稚嫩……小佐內同學的便服大多都有一種喬裝的味道。

小佐內同學黑髮之下的眼睛默默地瞟著我。

我正在懷疑到底有什麼事，小佐內同學就慢慢地打開一張地圖。

「小鳩，你知道這是什麼嗎？」

我一眼就看出來了，那是本市的地圖，不過裡面還寫了很多字。地圖到處標著紅色的記號，旁邊附註了像是專有名詞的文字。我一開始還看不懂那是什麼，但是一看到「Humpty Dumpty」就明白了。我用一種受不了的語氣回答：

「這是本市蛋糕店的地圖吧。」

小佐內同學輕輕點頭，接著又微微地搖頭。

「不只是這樣。」

「所以？」

「這個是……」

她像是要揭露祕密似的，眼神變得非常認真。

「會決定我這個夏天的命運的……」

「命運……」

「《小佐內精選甜點・夏季篇》。」

我慢慢地關上大門。

我一邊走回房間，一邊想著暑假的第一個晚上要怎麼過，隨即又聽見門鈴聲。兩次，三次。我嘆了口氣，又回到玄關。小佐內同學既不解釋，也不生氣，只是默默地再次遞出地圖。

「我說啊，雖然我不討厭甜點，但也沒有像妳那麼喜歡，這點還請妳諒解。」

小佐內同學的表情變得黯淡。

「你不願意收下嗎……？」

我也沒有理由一定要拒絕啦。

「那就給我吧。」

「太好了。那我們明天就去吧。」

啊？我愕然地指著自己。

「我？和妳一起？」

「嗯。」

真是丈二金剛摸不著頭腦。為什麼我得和小佐內同學一起去蛋糕店？我的確和小佐內同學一起去吃過甜點，應該說，我們經常一起去吃甜點，不過為什麼連暑假都得特地約出去吃甜點啊？

或許任何人格都一樣，總之我認為小市民這種類型是以人際關係來定義的，而我們高二生的人際關係幾乎完全集中在校內，所以我們的互助及互惠關係也只限於校內。我和小佐內同學在學校時總是在一起，但從來不會在假日專程約出來見面，而暑假就更沒有必要見面了。事實上，我們在去年暑假完全沒有見過面。

「怎麼了？有什麼理由嗎？」

被我這麼一問，小佐內同學稍微降低了語調。

「為了達成今年夏天的計畫……我無論如何都需要像你這樣的人。」

我完全想不出來她的甜點完全攻略計畫為什麼會需要我，而且，還沒搞清楚之前就先拒絕，該怎麼說呢，讓我很不是滋味。我的臉上想必寫出了欲求不滿四個字吧。跟小佐內同學在一起時，我都會毫不顧忌地表現出愛推理的習性，這點很不好。我很難壓抑想問她有什麼企圖的衝動，小佐內同學抬頭看著我，稍微歪起腦袋，用細若蚊鳴的聲音問道：

「你不想去嗎？」

要這樣說的話……

「也不是不想啦。」

小佐內同學立刻露出柔和的微笑。

「這樣啊，太好了……那就約明天一點喔。」

她交給我另一張紙，我一看就愣住了。

《小佐內精選甜點・夏季篇》

前十名！

1「塞西莉亞」夏季限定熱帶水果百匯

2「Tinker・Linker」水蜜桃派

3「村松屋」焦糖蘋果（↑注意販售時期！）

4「櫻庵」雙球冰淇淋（↑黑芝麻&豆漿）

5「閃亮樂園休息站」特製聖代

6「la France」水蜜桃千層酥

7「berry berry 三夜路店」冰雪西瓜優格（↑加鮮奶油）

8「light rain」黃桃百匯

9「飛鳥」宇治金時（↑豆沙加入整顆紅豆）

10「傑夫貝克」芒果布丁

十名之外　包含非夏季限定商品　注意重點！

A級

「小紅帽」烤起司蛋糕
「愛麗絲」葡萄柚塔
「普朗塔熱內」英式黑糖蛋糕
「春日製菓鍛治町直售所」萩餅（↑盂蘭盆節限定）
「lemon seed」法式可麗露（↑限外帶）
「玉米叉」德國檸檬蛋糕
「Humpty Dumpty」義式奶酪（↑繼續禁止……）
「卡諾莎」紅茶餅乾
「la Roche」手工餅乾組合
「椿苑」蕨餅

B級

「待夢咖啡」巧克力戚風蛋糕

「Earl Grey 2」提拉米蘇
「甘泉」蜜豆冰
「塔利歐」卡士達鮮奶油泡芙
「格妮薇兒」鳳梨鬆餅
「銀扇堂」糯米糰子
「鐵三角」水蜜桃蛋糕捲
「tricolor 松波大樓店」法式薩瓦蘭蛋糕
「香川食堂」葡萄磅蛋糕
「月光石」年輪蛋糕

……這東西，我該怎麼反應才好呢……

她該不會說每一間都要去吧？

隔天。因為約的是一點，所以我在一點之前就做好了出門的準備，但小佐內同學卻傳來了一封相當厚臉皮的訊息。

『對不起，我現在不能出門。請你去第十名的蛋糕店買兩個芒果布丁和四個葡萄柚夏洛特蛋糕帶來我家。對不起。』

這可不是開頭和結尾都加上一句「對不起」就能了事的。小佐內同學該不會昨天來我家時已經料到今天沒辦法出門了吧？真是這樣的話，我就是被她設計騙出去跑腿了。不過我並不會因此生氣，因為小佐內同學利用我就像我利用小佐內同學一樣是常有的事。

讓我生氣的是這天熾熱的暑氣。《小佐內精選甜點・夏季篇》裡面標出了多達三十間店，我對照那張排行榜一看，第十名的店是「傑夫貝克」。我沒有去過那間店，還好那間店位於從我家到小佐內同學家的途中。若是位於市區的另一端，就算有再大的理由我也不想去，因為今天實在太熱了。

高氣壓正籠罩著日本列島，在我離開家門的十二點時，氣溫已經超過三十六度。如果整天都是晴天，一天氣溫最高的時候通常是下午兩點，所以氣溫應該還會繼續上升。所幸現在濕氣不高，沒有溼熱那麼難耐，但我騎起腳踏車還是立刻熱得滿頭大汗。

我一邊看地圖一邊找尋「傑夫貝克」。那間店像在宣告這裡是蛋糕店似地掛著法國國旗，所以找起來沒有費太多工夫。屋簷和招牌都很新，牆壁是乾淨的奶油色，不過鐵皮屋頂已經褪色了，看得出是老房子翻修而成的。不過這一點都不重要，重要的是店裡的冷氣夠不夠強。

事實證明是我多慮了，因為蛋糕店裡有很多需要保鮮的食物，所以和超市一樣必須為了食品衛生的考量而打造出涼爽的空間。我一打開看起來像自動門、其實是手動的滑門走進店內，立刻感覺到一陣涼風，我鬆了一口氣，從口袋裡拿出手帕擦汗。

但是……

「……怎麼會？」

美麗的橘色布丁裝飾著一片薄荷葉。那就是芒果布丁。寫著「夏洛特蛋糕」的牌子後方排列著三角柱形狀的白色蛋糕。看起來像是把一整個蛋糕切成八等份，但數量不夠。芒果布丁還有很多，夏洛特蛋糕只剩三個。但小佐內同學要買四個。

「歡迎光臨。」

一位穿圍裙的女人從裡面走出來，我向她問道：

「不好意思，請問這種蛋糕還會補貨嗎？」

店員一直盯著我看，然後冷淡地回答：

「只有這些喔。」

這樣啊。我們約好的一點就快到了，所以我不能慢慢地等他們再做新的蛋糕。就算不夠也沒辦法了，所以我買了兩個芒果布丁，以及三個夏洛特蛋糕。就算小佐內同學今天怪怪的，也不會叫我去買不存在的東西吧。

店員的態度依然冰冷，但動作俐落地把兩種甜點裝進紙盒。我一邊看著，一邊傳簡訊給小佐內同學。

『買到蛋糕了。』

『謝謝。我好期待。』

我沒有提到蛋糕的數量不夠，這只是因為我打訊息的速度太慢。反正等一下就會見面，我直接告訴她就好了。

收起手機時，店員仍在打包蛋糕。還真久耶。我觀察四周，看看有沒有可以拿的東西，然後就發現在櫃臺旁邊的籃子裡裝著免費贈送的面紙包。那是本地借貸公司的廣告面紙。正好現在我的手邊沒有面紙，正準備伸手去拿時……

「讓您久等了。」

店員說道，我又把手縮了回來。蛋糕分別裝在兩個紙盒裡。一盒是芒果布丁，一盒是夏洛特蛋糕。

這種尺寸的盒子可以疊起來放進腳踏車的籃子，若是裝得下五個蛋糕的盒子就沒辦法了。我心想，這位店員雖然看起來冷淡，說不定其實還挺貼心的。

3

小佐內同學家位於公寓的三樓。那是一棟奶油色的漂亮公寓，裡面有很多戶人家。我已經來過好幾次了，所以沒有迷路。

我敲敲門，穿著清涼白色連身裙的小佐內同學把我請進屋內。

「不好意思，要你去幫我買東西。外面很熱吧？」

「買東西是無所謂啦，不過外面真的是熱死人了。」

屋裡似乎沒有其他人在。小佐內同學是獨生女，父母都有工作，兩人每天早出晚歸，或許是因為這樣，我每次來到她家都感覺不到生活的氣息。話說回來，我從未看過小佐內同學的父母呢。女兒才高二，就能買下這麼好的公寓，可見他們的收入應該不錯。不然就是繼承了龐大遺產之類的。我們沒有聊過這方面的事，今後大概也不會聊到。冷氣很有力，但溫度可能設定得太高，感覺不太涼。

「你先在客廳等一下。要喝冰麥茶嗎？」

「好。」

在木質地板的客廳裡，我坐在鋪了地毯的矮桌前，雙手提著的蛋糕盒也放到桌上。

小佐內同學端出了裝在啤酒杯裡的麥茶。我一邊思索著為什麼會有啤酒杯，一邊大口灌下。我很想立刻喝光，但實在沒辦法一口氣喝下一整杯冰涼的麥茶，所以只喝了半杯左右。

小佐內同學又走進餐廳，回來時雙手拿著兩個咖啡杯。煮熱水不可能這麼快，所以應該是有咖啡機吧。咖啡冒出了白濛濛的蒸氣、濃醇的香氣以及熱氣。我從口袋掏出手帕，擦拭額頭上的汗水。

接著她又拿出小盤子和湯匙。

「我們來吃蛋糕吧。」

照這情況看來，小佐內同學把我叫出來真的是為了和我一起吃蛋糕……我明明說過好多次我沒那麼愛吃甜食了……小佐內同學沒有理會我厭倦的表情，神情非常肅穆，像在開玉手箱（註1）似的，慢慢把手放到盒子上。

就在此時，電話響了。

單調的電子鈴聲。那是手機的鈴聲。我還以為是自己的手機在響，摸了摸口袋，原來響起的是小佐內同學的手機。小佐內同學正在等電話嗎？她一聽見放在地板上的手機響起就立刻跳起來。身手十分敏捷。

1　浦島太郎救了烏龜之後在龍宮得到的禮物，一打開就變成了老人。

「喂喂？·怎樣？·」

然後她朝我瞄了一眼。

「不好意思，請等一下。」

她向電話另一端的人道歉，然後又轉向我。

「不好意思，請等一下。」

說完之後她就快步走出客廳，只留下我和蛋糕和咖啡。

光是坐著枯等太無聊了，所以我打開了蛋糕盒。雖然盒子在腳踏車籃子裡一路搖晃過來，但芒果布丁和夏洛特蛋糕仍然完好如初。

芒果布丁裝在透明的塑膠杯裡，橘色的布丁上面點綴著少許鮮奶油，配上一顆莓果和一片薄荷葉。仔細一看，布丁裡似乎還有一些切碎的果肉。看起來真好吃……大概吧，我很少吃芒果。

夏洛特蛋糕的外表像是把一個大水果塔切成八等份，但和水果塔的派皮不一樣，夏洛特蛋糕的外側是烤成焦糖色的柔軟海綿蛋糕，裡面是什麼呢？看起來白白的，但我沒有吃過，無法想像會是怎樣的口感和味道。蛋糕放在金色厚紙板做成的墊子上，外面包著透明的塑膠膜。底下也是海綿蛋糕，上面有一片紅寶石葡萄柚的果肉，看起來好像很酸，和蛋糕的味道會搭嗎？

我把兩個芒果布丁分別擺在我和小佐內同學的座位前，夏洛特蛋糕則是我一個、她兩個。如果夏洛特蛋糕有四個，就能一人吃兩個了，既然只買了三個，給小佐內同學兩個是理所當然的。雖然小佐內同學沒有這樣要求，但我吃兩個小佐內同學吃一個就像水往高處流一樣不合常理。

分配完蛋糕後，我繼續等待。只能聽見冷氣機運轉的聲音。我努力豎起耳朵，還是聽不到小佐內同學講電話的聲音。

仔細想想，我又沒必要和小佐內同學親密地面對面吃蛋糕。雖然我沒有很愛吃蛋糕，此時不知為何就是莫名地想吃，看到蛋糕和咖啡擺在眼前，該做的事就只有一件。即使我不是特別愛吃甜食，但我今天從一大早到現在什麼都沒吃。今天天氣太熱，讓我有些食欲不振，不過食物已經擺在眼前了，我多少還是覺得有點餓。

「……我先開動吧。」

我喃喃說道，伸手拿起了湯匙。

應該先吃哪一個呢？我想了一下，決定先吃夏洛特蛋糕，因為葡萄柚的酸味比芒果的甜味更符合我現在的胃口。

可是，這個夏洛特蛋糕真是要不得的玩意兒。

我握著湯匙，感動得全身顫抖。

怎麼會……

怎麼會這麼好吃啊！

如同泡泡溶化一般的輕柔口感，再加上若有似無的甜味，海綿蛋糕內側是奶油乳酪風味的巴巴露亞蛋奶醬。起司的味道不至於喧賓奪主，在這溫和的味道之中，還有類似橘子醬的果醬添上畫龍點睛的一筆。這夏洛特蛋糕似乎是把一整個蛋糕切成八等份，但是從外表完全看不到裡面有果醬，可能是先切開蛋糕再用滴管之類的東西把果醬滴進蛋奶醬裡吧。雖然很費工，但確實給人一種意外的驚喜。我第一次吃到酸味和甜味如此平衡的蛋糕。

小佐內同學很喜歡酒味或甜味特別重的甜點，那種東西我真的不太能接受，比起來我更喜歡清淡溫和的口味，而這個夏洛特蛋糕完全呈現出我喜好的味道，讓我一反常態地深感陶醉。

外面的海綿蛋糕味道很普通，但我正覺得餓，剛好可以填飽肚子。我偶爾啜飲熱咖啡，一個勁地用湯匙挖起蛋糕來吃，不知不覺就吃完了。哎呀，真是幸福的體驗。最後再用咖啡沖去殘餘的味道，我深深地嘆了口氣。

不愧是能決定小佐內同學這個夏天命運的精選蛋糕店。不對，夏洛特蛋糕並不是夏天限定的商品，所以小佐內同學最想吃的應該是芒果布丁吧。就算如此，夏洛特蛋糕還是非常美味，小佐內同學一定也會很開心吧。

小佐內同學……

「還在講電話嗎？」

她一點都不像是快要回來的樣子。

我稍待片刻，還是沒聽見任何聲音，能聽見的還是只有冷氣機的嗡嗡聲。

剛才的蛋糕真的很好吃，而且我從早上到現在都沒吃東西，肚子正空著。此外，小佐內同學非常熱愛甜食，對甜食有著深深的執著。

……真想再吃一個。

這個衝動突然湧現在我的心中。

夏洛特蛋糕還有兩個……

我對這個突然冒出的念頭感到愕然。我感覺自己在冒冷汗，不由得拿起手帕按在脖子上。

難不成……我想要吞掉小佐內同學那一份嗎？

我怎麼可以做這種事？我不是才剛想過我吃兩個小佐內同學吃一個就像水往高處流一樣不合常理嗎？小佐內同學一定早就知道這間店的夏洛特蛋糕美味至極了，而且她還以為我幫我們兩人各買了兩個。小佐內同學分到兩個，而我竟想要搶走一個……

在迷惘之中，我意識到了自己的慾望。

我想搶走小佐內同學的蛋糕……這是多麼邪惡又多麼甜美的主意啊！

「傷腦筋……真想吃。」

再等一分鐘……不，再等三十秒吧。如果小佐內同學回來了，我就要面帶笑容迎接她，極力稱讚「傑夫貝克」的夏洛特蛋糕，然後默默地看著小佐內同學吃完那兩個蛋糕。

但是，如果她沒有回來……

到時我就……

……小佐內同學還是沒有回來。

秒針繞過鐘面半圈以後，我下定了決心。

全都是這該死的暑氣害的。我是這麼認定的。如果一切都和平時一樣，我鐵定不會想到要做這種事。

既然決定要做，那就放膽去做吧。既然要做，就得做到讓任何人都看不出痕跡。

我要讓小佐內同學以為夏洛特蛋糕本來就只有兩個。

4

過去有一場戰役叫作「川中島之戰」。這是代表戰國時代的兩位英雄——武田信玄和上杉謙信——互相爭鬥的知名戰役。

其實川中島之戰在歷史上的地位並沒有很重要。武田軍和上杉軍在川中島發生過五次小規模的戰鬥，其中只有一次的規模大到能稱為戰役。而這場戰役就算客套也稱不上是歷史的轉折點，根本沒辦法和關原之戰或大坂之役相比，相較之下，長島一揆那次戰爭對後代的影響還比較深遠。事實上，船戶高中用的課本根本沒有提到川中島之戰。

川中島之戰在歷史上無足輕重，而且只不過是一場小地區的戰爭，為什麼會那麼有名呢？

答案只有簡單一句話，因為那是兩位英雄相爭的傳奇故事。無關乎是否影響整體局勢，也無關乎在歷史上是否占據重要地位，那龍虎相爭的傳奇才是川中島之戰被人們傳揚至今的理由。

我在打算向小佐內同學隱瞞有第三個蛋糕時突然想到了這件事。沒錯，這是我和小佐內同學的戰爭。

她確實有資格作為我的對手。根本是綽綽有餘。

若說這是一場戰爭，那戰場就是這張桌子。

我仔細回想，我並沒有向小佐內同學提過我在「傑夫貝克」買了幾個夏洛特蛋糕，我傳給她的訊息只提到我買了蛋糕，來到她家以後也只說過外面很熱之類的話。小佐內同學正要打開蛋糕盒的時候就聽到電話響起而跑出去，也就是說，她並沒有看到盒子裡面。雖然她遲早要跟我算錢，但我也還沒跟她說花了多少錢。

既然如此，只要把桌上的東西都處理乾淨，小佐內同學就不會知道有第三個蛋糕了。

那麼，桌上有什麼呢？為了避免犯下愚蠢的錯誤，忽略了乍看好像無關的東西，所以我一樣樣地仔細檢查。

不過，我的時間是有限的。我不知道小佐內同學要講多久的電話，但她絕對不會永無止境地講下去。我在這裡聽不到小佐內同學說話的聲音，也就是說她講完電話的時候我也不會發現。我不確定思考和行動要花費多久時間，所以我得用最少的行動獲得最大的效果。

桌上總共有這些東西：

（1）電視遙控器。冷氣遙控器。我詳細檢查過了，上面沒有沾到蛋奶醬。

（2）面紙盒。還沒開封。
（3）芒果布丁兩個。還沒吃。
（4）夏洛特蛋糕兩個。還沒吃。真是人間美味。
（5）蛋糕盒兩個。雖是空盒，但並非空無一物，裡面放了餐巾紙，此外，這點很重要，盒底用膠帶貼著紙捲。這紙捲是做什麼用的？我剛才打開盒子的時候就發現了，這是為了避免盒子裡的蛋糕在搬運的時候倒下碰壞，所以才要貼上紙捲來防止蛋糕滑動。
芒果布丁的盒子和夏洛特蛋糕的盒子貼紙捲的位置不同，因為兩種甜點的形狀不一樣，數量也不一樣，需要防滑的位置當然也不同。芒果布丁的盒子裡貼了兩張紙捲，夏洛特蛋糕的盒子裡貼了三張紙捲。
（6）盛放夏洛特蛋糕的金色紙盤。上面沾了一點蛋奶醬。這裡沾到也無所謂。
（7）包在蛋糕外面的塑膠膜。上面也沾到了蛋奶醬。同樣是透露了有第三個蛋糕存在的鐵證。
（8）我用過的湯匙。上面也沾到了蛋奶醬。當然，還有另一支湯匙，這是小佐內同學等一下要用的。
（9）咖啡。兩個普通的白色咖啡杯。小佐內同學的咖啡維持原狀，而我的已經喝了一半。

（10）麥茶。小佐內同學為了慰勞在大熱天出去跑腿的我而準備的。啤酒杯裡還剩一半左右。

（11）小盤子。我把夏洛特蛋糕放在這個盤子上，用湯匙挖來吃。不過蛋糕下面墊著金色厚紙，所以盤子沒有留下痕跡。

好啦，接下來我該怎麼做才能瞞過小佐內同學，而且是要隱瞞她關於甜點的事呢？塑膠膜和紙盤是無論如何都要處理掉的。先從這裡著手吧。我用湯匙刮掉沾在上面的蛋奶醬，再把剩下的部分擦乾淨，然後全部收進口袋。

然後是蛋糕盒。盒底貼著防滑的紙捲，這點比較麻煩。我看看芒果布丁的盒子，兩個紙捲確實是貼在能夠防止兩個布丁滑動的位置。再來是夏洛特蛋糕的盒子。雖然不容易看出來，若是解讀圖形的能力夠好，還是有可能推理出這些紙捲不是為了幫兩個蛋糕防滑，而是三個蛋糕。千萬不能輕易低估小佐內同學的能力。所以我該怎麼處理這些紙捲呢？

最好的方法就是撕起三張紙捲，貼到兩個夏洛特蛋糕需要防滑的位置……可是要不留痕跡地撕下膠帶，想好適當的位置再貼回去，必須耗掉大量寶貴的時間。如果我還沒弄完小佐內同學就回來了，問我「小鳩，你在做什麼啊」，我就會輸掉這場戰爭了。

話雖如此，我也不能放著這些紙捲不管。

那麼，乾脆全都撕掉吧？不，這麼一來就不只要處理夏洛特蛋糕的盒子，連芒果布丁的防滑紙捲都得撕掉，否則小佐內同學看到只有一個盒子貼了紙捲一定會發現不對勁，而且要不留痕跡地撕掉五張紙捲太費時間了。

有沒有什麼方法可以在最短的時間內讓人沒辦法從紙捲推理出真相呢？……我把餐巾紙從盒子裡拿出來，慎重而迅速地撕掉三張紙捲之中的一張，然後把撕下來的紙捲也塞進口袋。

我觀察剩下的兩張紙捲，感到很滿意。原先的構圖被破壞了，看不出任何秩序。看起來雖然不像是用來幫兩個蛋糕止滑，但也看不出來原先放的是三個蛋糕。

其他和蛋糕有直接關聯的就是湯匙。我該怎麼解釋湯匙上沾到的蛋奶醬呢？

我一轉眼就想到了兩個解決辦法。第一個是把湯匙舔乾淨，這是最簡單的方法，而且能完全隱藏痕跡，就算是小佐內同學也沒辦法辨識出湯匙上沾有口水。應該吧。

不過我決定採取第二個方法。我把手伸向原本應該進入小佐內同學的胃裡、但我企圖奪取的另一個夏洛特蛋糕，放在小盤子上，接著我抱著覆水難收的覺悟，用湯匙挖下一小角，這麼一來就能解釋為什麼這支湯匙有用過的痕跡了……而且這蛋糕也順理成章地變成我的了。

我把挖起一小塊蛋奶醬的湯匙放進嘴裡。或許是因為意識到了自己的背叛行為，蛋糕嘗起來比剛才更好吃。

下一個絕對不能忘記的東西是錢。如果我向小佐內同學討芒果布丁和夏洛特蛋糕各一個的錢，那就是各付各的，不過她若是要求看收據就麻煩了。收據現在放在我的口袋裡，和塑膠膜及紙盤一起。我只要說沒有拿就行了吧。如果隨便丟進垃圾桶，說不定反而會露餡。

這下子和蛋糕有關的東西全都處理完了。真的徹底處理完了嗎？我再次檢查桌面，看起來沒有任何東西會透露本來有三個蛋糕。

但我正要發出安心的嘆息時……

「糟糕……」

我又把嘆息吞了回去。

怎麼搞的，鐵定會讓小佐內同學起疑的證據明明就在眼前啊！我不禁想要抱頭。偏偏是在我用湯匙挖了蛋糕之後才發現！

就是咖啡！咖啡變少了！

我在酷暑之中來到她家，因為太熱了，我一口氣就喝掉半杯麥茶。這件事並沒有不自然之處，因為那是我不加思索的自然反應。

不過，現在桌上的麥茶分量還和剛才一樣，咖啡卻少了一半。在這種大熱天裡，明明有冰涼的麥茶，我卻優先喝了熱咖啡，這事明顯不合理。為什麼我沒喝麥茶，卻喝了咖啡呢？那是因為咖啡配蛋糕比較適合。換成是我一定會發現，小佐內同學就更不用說了。

還好我在鬆懈之前就先發現了這件事，可是喝都喝了。該怎麼辦呢？我拚命思索解決的方法。如果小佐內同學現在回來，很可能會問我「咦，你怎麼只喝咖啡啊？」，我一定會嚇得直冒冷汗。

讓喝掉的咖啡恢復的方法。讓減少的東西增加的方法。只要麥茶還沒喝完，就會讓人懷疑我為什麼要喝咖啡。如果要避免別人起疑，也可以乾脆把麥茶全部喝光，不過喝完半個啤酒杯的麥茶之後又喝了半杯咖啡，可能也會引起別人的疑心。

如果能讓咖啡變多就好了。廚房裡應該有咖啡機，我乾脆自己進去再倒一些咖啡吧？不行，這不是客人該有的行為。不然就從小佐內同學的杯中分一點過來吧？這樣也不行，小佐內同學的眼睛很利，說不定會發現自己的咖啡變少了。

要不然……我沒時間苦思了。我用力閉上眼睛。

「沒辦法了！」

我抓起裝著麥茶的啤酒杯，靠在咖啡杯的邊緣，然後把麥茶倒進咖啡裡。

咖啡漆黑的顏色因為摻了麥茶而變淡了一些，不過變化沒有很明顯，應該看不出來。

麥茶沿著啤酒杯的邊緣灑出來不少，我全都擦乾淨了。
「這樣如何？這次真的處理完了吧？」
不過我沒有足夠的時間再檢查一次桌上的情況了。側滑門打開，小佐內同學一邊用連身裙的袖子擦著手機螢幕一邊走進來。
「不好意思，我朋友打電話來。其實你不需要等我啦……哇！芒果布丁！謝謝你，我一直在期待呢。」
不客氣。我微微一笑。

5

小佐內同學盯著芒果布丁跪坐在桌前，很快就發現了異狀。
「咦？夏洛特蛋糕……」
「喔喔，是啊。」
我舔了舔嘴唇。
「這種蛋糕好像很熱門，店裡只剩下兩個。」
小佐內同學的眉毛稍微皺起。

「嗯。『傑夫貝克』的夏洛特蛋糕是本市最好吃的。可是……是嗎，都賣完了嗎……」

她一臉遺憾的樣子。啊啊，真令我難過。

「那我要開動了。」

小佐內同學拿起湯匙，認真地交互望向芒果布丁和夏洛特蛋糕，然後先把夏洛特蛋糕移到面前。她發現我正在盯著看，不知為何開始解釋說：

「啊，我想把最好吃的留到最後。」

根本用不著向我解釋吧。

她似乎沒有起疑。那是當然的，就算是小佐內同學也不可能一眼看出蛋糕本來有三個。雖然小佐內同學有資格當我的對手，但這場戰爭是由我方發動突襲，對她不太公平。我正想到這裡，她突然問了一個出乎我意料的問題。

「對不起，講了這麼久的電話。你等我的時候都在做什麼？」

做什麼？就是偷吃夏洛特蛋糕還有消滅證據啊。一時之間我還真不知道該怎麼回答。

我壓抑著內心的驚慌，盡量平靜地回答：

「啊啊，嗯，什麼都沒做。」

「喔……？可是這個房間……」

小佐內同學把左手伸向冷氣機的遙控器。

「不會很熱嗎?溫度設定成二十七度耶。」

就算是二十七度還是比室外涼快，不過這溫度確實設定得太高了。原來我覺得熱並不只是因為緊張和興奮啊?小佐內同學按下遙控器，冷氣機發出嗶嗶聲，立即增強風力。我渾身冒汗，勉強擠出一句話。

「我總不能隨便亂動別人家裡的電器吧。」

「不用這麼拘謹啦……但你說得也沒錯。是我疏忽了，對不起。」

看來她應該不會再疑心下去了。我鬆了一口氣。

小佐內同學用湯匙挖起一小塊夏洛特蛋糕，放進嘴裡，頓時露出陶醉的神情。她用無比感動的語氣說道：

「……果然很好吃。」

「真的很好吃呢。這樣說或許有點過分，但這確實是妳至今推薦給我的蛋糕之中最符合我口味的一次。」

我說出這句話不算失言。我盤子上的蛋糕已經挖了一小口，所以我可以儘管對味道發表感想。小佐內同學輕輕點頭，又挖了一大匙的蛋奶醬放進嘴裡。

「如果你喜歡這種口味，我還有其他可以推薦的。雖然沒有列在夏季限定甜點的前十名……」

「喔？那下次再告訴我吧。」

「嗯。」

她啜飲著咖啡，我也跟著拿起咖啡杯，但是一想到裡面的東西就不禁猶豫，不過我如果又放下杯子就會顯得很不自然，只好故作泰然地喝了一口……啊，沒有我想像的那麼難喝，只是咖啡的香氣之中隱約多了一些日式風味。咖啡的味道太強烈了，幾乎喝不出麥茶的味道。

我也把湯匙插進夏洛特蛋糕裡。好啦，可以放鬆地享受美味了。

但我沒能好好享用這一口蛋糕。

小佐內同學的下巴沾到了蛋奶醬。她從裝著芒果布丁的盒子裡拿出餐巾紙，像貓在洗臉一樣彎著手擦掉蛋奶醬。餐巾紙還剩一張。

「……！」

我的喉嚨因驚嚇而發出詭異的聲音。拿了一張，剩下一張，也就是說，裡面放了兩張餐巾紙。這件事讓我無法好好享受這一口蛋糕，只能倉皇吞下。

放了兩個芒果布丁的盒子裡有兩張餐巾紙。

……也就是說，放了三個夏洛特蛋糕的盒子裡應該有三張餐巾紙囉？

我在撕下紙捲的時候，把餐巾紙從夏洛特蛋糕的盒子裡拿出來了。現在餐巾紙放在桌子上，以距離來看離我比較近。我本來覺得只要拿起來用就會顯露出數量，所以不敢隨便亂動，沒想到卻造成了反效果。我瞄著那疊餐巾紙，因為全部疊在一起，看不出來有多少張。兩張？還是三張？不，就算有三張，小佐內同學可能也只會覺得是「傑夫貝克」的店員不小心多放了一張吧……我可以這樣期待嗎？

哎呀，真是的！雖說時間不夠，但我怎能這麼大意呢！

「……小鳩？」

啊。

「真好吃。」

我笑著說道，小佐內同學也露出微笑。

「嗯。」

「為什麼要叫作夏洛特蛋糕呢？」

「這個啊，夏洛特是一種帽子的名稱，光是一片蛋糕看不出來，但完整的蛋糕看起來就像帽子一樣。」

「喔？妳吃過一整個蛋糕？」

「……只有一次啦……」

我該趁小佐內同學垂下視線的時候趕緊處理餐巾紙嗎？還是乾脆放著不管？我在閒聊

之中仍在思索要如何煙滅證據，一邊繼續動著湯匙，美味的夏洛特蛋糕在我無法好好品嘗的狀態下逐漸減少。

但是……蛋糕的味道還是其次。

我一邊思索，一邊伸手去拿咖啡杯，結果手不小心滑了一下，杯子大大傾斜，咖啡灑在桌子上。

「啊！」

咖啡漬逐漸擴大，分量比我預期的多了一些。

「對、對不起。」

我一邊道歉，一邊拿起餐巾紙。當然，我拿的是從夏洛特蛋糕的盒子裡取出的餐巾紙。不知道裡面到底是兩張還是三張，反正我一把全抓了起來，擦拭灑在桌上的咖啡。

「啊啊，啊啊，等一下喔。」

小佐內同學放下湯匙，打開了還沒拆開的面紙包。餐巾紙已經沾滿了咖啡，我把餐巾紙揉成一團。她總不會打開來數有多少張吧。

小佐內同學也抽出幾張面紙幫忙擦桌子。雖然灑出來的咖啡比我預期的多，但還不至於整杯都灑出來，所以桌上的咖啡都擦乾淨了。

「對不起。」

「嗯。垃圾桶在那裡。」

小佐內同學指著我的背後。我把餐巾紙和小佐內同學的面紙一起揉成團，丟了進去。這麼一來證據就成功地處理掉了。不過連我都覺得自己的演技很拙劣，小佐內同學真的沒有起疑嗎？雖然我神態自若，但是這些不熟悉的小動作還是令我有些緊張。冷氣比剛才更強，不過我還是覺得自己在冒汗，所以從小佐內同學剛才拆開的面紙包裡拿出一張面紙擦拭額頭。

我偷偷觀察著小佐內同學的表情。

她似乎沉浸在蛋糕的美味之中，閉上眼睛，像在深深品味似地一再點頭……如果她真的一點都沒發現，我還真有些寂寞。我一邊想著這些事，一邊又拿起了湯匙。

最後小佐內同學睜開眼睛，凝視著手邊的夏洛特蛋糕。

「對了，小鳩。」

「嗯。」

「這蛋糕裡面藏著果醬，你知道那是什麼果醬嗎？」

我停下了動作。我的第二個夏洛特蛋糕目前只吃到表面的一點點蛋奶醬，還沒到達果醬的部分。所以我是這樣回答的：

「有果醬嗎？我還沒吃到耶。」

「是嗎？」

小佐內同學抬起頭來，看著我的眼睛，露出天真無邪的微笑。她會表露出這種天真的笑容多半是因為吃到了極致美味的甜點，或是找到了復仇的機會。

我甚至來不及受到驚嚇。

「可是……你不是吃過了嗎？」

6

我不敢說自己絕無失誤，畢竟時間那麼倉促，但我該做的都做了，她不可能看出來的……

然而小佐內同學卻面帶笑容，把湯匙放在小盤子上，雙手撐著臉頰，注視著我的眼睛，顯然一副什麼都知道了的表情。到這個地步要是再不承認，只會讓自己更難堪。

我舉起雙手。

「是啊，我吃過。裡面應該是橘子醬吧，很好吃。」

「你這麼喜歡『傑夫貝克』的夏洛特蛋糕啊？」

「真是美味極了。」

我肯定地說道。小佐內同學瞇著眼睛點頭說：

「聽到你這樣喜歡，真令我高興。我也很喜歡喔。」

然後她繼續說。

「那你為什麼要做這種事？」

「呃……因為夏洛特蛋糕太好吃了。」

「嗯，你剛才說過了。那你為什麼要做這種事？」

小佐內同學……

對了，她是想聽我說出來吧。我無奈地抬頭望天，又低頭嘆息。

「因為這裡只有我們兩個人。」

小佐內同學把如此簡短的一句話做出了正確的解讀。

「也就是說，因為這裡只有我們兩個人，所以你覺得可以測驗看看我的智慧？你覺得騙過我很有趣嗎？」

不愧是小佐內同學。我們已經相處兩年了，她必定也摸透了我的思考模式。我點點頭。

夏洛特蛋糕的確很好吃，不過，光是這樣還不至於讓我想要搶走小佐內同學的那一份。

我和小佐內同學之間有著互惠關係，卻不會互相依賴，也沒有必要在暑假特地相約見面，但她連解釋都不解釋就硬把地圖塞給我，甚至臨時取消約定，叫我一個人在大熱天出去跑腿，讓我忍不住覺得她虧欠我太多。

就是因為覺得她虧欠我，我才會利用夏洛特蛋糕逼她不得不跟我鬥智，當作是給我的補償。我的心態大概可以這樣解釋吧。朝著小市民邁進的我們不會在別人面前賣弄智慧，但我們自己人之間就沒有這種限制了。

……在鬥智的過程中，我越來越不在乎蛋糕的味道，正如川中島之戰之所以被後世傳頌並不是因為戰略上的意義，而是因為描繪出了雙雄相爭的畫面。只要能和小佐內同學鬥智，用夏洛特蛋糕以外的理由也無所謂。

小佐內同學放下撐著臉頰的右手，用拇指和食指捏起湯匙，敲敲咖啡杯的邊緣。杯子發出清脆的聲響。

「夏洛特蛋糕原本有三個吧？」

「店裡只剩下三個。所以我說賣完了並不完全是說謊。」

「嗯。芒果布丁沒有買三個，我也不覺得你能吃下三個夏洛特蛋糕，所以應該是買了三個。」

小佐內同學又敲了敲咖啡杯，比剛才稍微用力一點。那一聲「噹」聽起來就像法官木槌的聲音。

小佐內同學露出燦爛的笑容說：

「暑假要陪我喔。昨天那張清單，我從第十名到第一名都要吃到。」

我也露出微笑。如果這是輸家的懲罰，我也只能乖乖認栽了。

回家之前，我問道：

「我真搞不懂，我是哪裡失誤了？為什麼妳能這麼輕易就看出原本有三個蛋糕？」

小佐內同學眨眨眼睛，然後噘起嘴巴，像是在說「你怎麼可能不知道」。

「因為你用『面紙』擦汗啊。」

……我有嗎？

「在咖啡灑出來之後。」

對耶。我想起來了。

「你剛從外面進來時是用『手帕』擦汗，但我講完電話回來後，你卻改成用面紙擦汗。所以我一看就知道，在我離開的時候，你的手帕變成了無法擦汗的狀態。」

我露出苦笑。在小佐內同學面前露出這麼大的破綻，當然會被看穿。看來我就算能扮演偵探，卻不適合扮演高智慧罪犯。

「你用手帕擦過東西。既然不能用了，那就代表你擦的是汗水以外的東西，所以才不能拿出來用。而且，你不希望我知道你擦過什麼，若非如此，你不需要弄髒手帕，大可直接用餐巾紙，而且你再怎麼客氣也不至於不敢自行拆開面紙包。你擦過某樣東西但又不想被我發現，為此不敢拿出手帕，在這個房間裡唯一有可能的就是蛋奶醬。」

我的口袋裡塞了紙盤、塑膠膜和手帕。我把沾到蛋奶醬的地方用湯匙刮掉，剩下的部分是用手帕擦乾淨的。因為面紙包還沒拆開過，如果我自己打開，或許會被她看出我擦過什麼東西，使用餐巾紙這種鹵莽改變現狀的事我也不想做，如果有帶面紙就好了，但是很不巧，我今天正好沒帶。我在「傑夫貝克」的時候明明想起沒帶面紙，當時卻沒有拿，真是一大失策。

其實後來我把麥茶倒進咖啡而灑出來時也是用手帕擦的，所以就更不想拿出來擦臉了。

我握住玄關的門把。

「如果我進屋之後沒再擦汗，妳一定不會發現吧。」

我有些不服輸地說道，小佐內同學想了一下，點點頭說：

「或許吧。不過……如果我一點都沒發現，你一定會給我提示的。因為如果完全勝利，你就會覺得不好玩。」

……才不會咧。我可是個小市民。

我轉動門把，離開了小佐內同學的家。一走到戶外就籠罩在炙熱的陽光和暑氣中，讓我頓時熱得滿身大汗。

我抬頭瞪著夏天的太陽。真是的，都是這可惡的暑氣害的。

第二章　SHAKE　HALF

1

若是看到熟悉的人做出意想不到的行動，一定會感到不可思議。如果一再看到對方做出異常行動，就會覺得對方是不是碰到了什麼重大事件才造成了心境的改變。要是這種情況再持續下去，就會開始懷疑自己是不是根本不了解對方。

我對小佐內同學抱持的疑慮已經逐漸升高到這種程度。

高二的暑假。我和完全沒有理由在校外見面的小佐內同學在這個暑假裡已經見面了很多次。從她手上拿到什麼《小佐內精選甜點・夏季篇》、藉著夏洛特蛋糕而鬥智是一週前的事了。我在大意落敗之後，三天兩頭就被小佐內同學叫出去，排行榜第六名的「水蜜桃千層酥」和第九名的「宇治金時」確實都很好吃，不愧是小佐內同學精選的甜點。不過小佐內同學並不是不好意思自己一個人去吃甜點的那種可愛女孩，我始終想不通為什麼她一定要找我一起去。

今天我又收到了這樣的訊息：

『今天要去的是「la Roche」和「銀扇堂」之間的店。三點半約在店裡。』

我查了一下《小佐內精選甜點・夏季篇》附上的地圖，「la Roche」位於本市——木良市——北北東的邊緣地帶，都快要到鄰市了。「銀扇堂」則是在本市的西南西，一樣位於郊區。她說是在這兩間店之間，所以我在地圖上這兩間店之間劃了條線，這條線經過了兩間甜點店，不過一間就在「la Roche」附近，另一間差不多落在兩間店的正中央，所以應該是這間才對。

店名是「berry berry 三夜街店」，也就是排行榜上第七名「冰雪西瓜優格」的那間店，我想多半錯不了。

這封訊息要當成謎題未免太簡單了，小佐內同學一定知道我猜得出來，故意跟我鬧著玩著吧。

我一邊騎著腳踏車前往目的地，一邊難以釋懷地皺起眉頭。

這個暑假裡我不到三天就得跟著她到處吃甜食，如今她還傳這種不清不楚、像在開玩笑似的訊息。這樣子我們根本就像是男女朋友嘛。

我好歹也是個身心健全的高二男生，對女生當然不是沒有興趣，但對象若是小佐內同學，講得好聽點，還挺驚悚的，但她也沒差到讓我想要拒絕。真要說的話，我比較喜歡外表成熟的女性，但她若真的願意，還是有辦法打扮得成熟一點。所以說，我小鳩常悟朗不過是一個性格不太好的高中生，能跟她在一起應該感到光榮才是。

可是……最近的小佐內同學和我熟悉的模樣實在差太多了，她這個夏天的行動老是出乎我的意料。難道我真的一點都不了解她嗎？或者……

我在紅燈前停下腳踏車，喃喃說道：

「她有什麼陰謀嗎？」

我賭十美元，答案一定是這個。

2

如名稱所示，「berry berry 三夜街店」位於三夜街。三夜街是從車站通往市中心的一條南北向道路，這間店的位置離車站很近。

我來得太早了。把腳踏車停在公共停車場，找到目的地的那間店時才兩點半，離約好的時間還有一個小時。我先去了車站。

今天是多雲的日子，所以不至於熱得像在烤火，但現在畢竟是八月，氣溫還是挺高的。車站前看得到像是高中生和國中生的人，但數量不多，畢竟木良站的周圍沒有能讓年輕人玩樂的地方。站前圓環是公車站，現在正好停著一輛公車，乘客紛紛走下來。車上的乘客很少，從時間來看，這是理所當然的。

我可不想站在太陽底下等一個小時，我打算換個曬不到太陽的地方，最好是有冷氣的地方。順帶一提，我現在覺得有點餓。最近我經常不吃早餐和午餐，今天也一樣還沒吃午餐。

乾脆隨便找間店來填飽肚子吧……不過木良站的周圍既然沒有能讓年輕人玩樂的地方，身為年輕人的我對木良站這一帶當然不熟。我環視一圈，看到一間漢堡店。正好，我就去那裡吃點東西吧。

漢堡店的玻璃門上「夏季限定特別套餐」的海報旁邊還貼著一張「三夜街週年慶」的海報，說是週年慶，其實根本沒什麼好慶祝的，這只不過是商店街的促銷活動。海報一角寫著「主辦：三夜街振興會」。每年到了這個時候，三夜街就會封街禁止車輛進入，到處擺滿攤販，我小學的時候都很期待。我走進自動門。

「歡迎光臨！」

一進去就有笑容和冷氣迎接。真令人心情愉悅。

「請問您決定好要點什麼了嗎？」

打工的女孩這樣問我，她應該跟我一樣是高中生。我看了一眼菜單。

「請給我起司漢堡。」

「要點什麼飲料嗎？」

「不用。」

「要加薯條嗎？」
「不用。」
「我們最近有新推出的夏季限定特別套餐」。
「不用。」
「謝謝您。起司漢堡一個！」
我只是高中生，財力有限。考慮到要一直陪小佐內同學到處吃甜點，我現在應該少花點錢。能省則省。

只放了一個漢堡的托盤擺上桌子。托盤上墊著一張紙，除了漢堡店宣傳店裡用的是有機栽培的萵苣和簽約農家供應的番茄的廣告之外，還放了一張「三夜街週年慶」的傳單。在傳單的地圖上，通往車站的三夜街是朝著左右延伸的，上面也寫了有哪些商店參加。我知道其中的一間，那是有賣焦糖蘋果的「村松屋」。這間店在小佐內同學的甜點排行榜上似乎列在很前面。單子放在家裡，回家以前我沒辦法確定。

我找尋著座位。現在時間是兩點半，不過店裡的人還挺多的。最裡面的一桌有一群綁著髒辮、穿著綠色黑色黃色衣服、充滿雷鬼風格的人靠在一起，不知道在談論什麼重要的事。另一桌坐的是一對情侶，他們不時瞄著雷鬼風格的那桌。這也是應該的，連我都很在意。吧檯的座位也坐著一些人，我看到一個不知該說是搖滾風或嬉皮風、穿著短牛仔褲和老舊皮背心的小矮子正在喝奶昔，明明是在室內，那人卻緊緊地戴著皮帽。身為期望生活平靜安穩的小市民，我不太想靠近雷鬼或嬉皮風格的人，所以把托盤放在比較遠、靠窗邊的吧檯位置上。我從紙袋裡拿出起司漢堡，正準備一口咬下時，突然有人叫了我。

「嗨。」

隔壁再隔壁的座位坐的是我認識的人。

他原本就身材高大、肩膀寬闊，這一年來又鍛鍊有成，完全變成了一個彪形大漢，旋轉椅被他一坐好像都快彎了。他後頸上的頭髮留長了一點，頭頂的頭髮往上梳，很有男子氣概，身穿花紋T恤配工裝褲，雖不算帥氣但至少不難看，不過他與生俱來的方臉還是沒變，所以給人一種質樸的印象，但他自己一定也覺得這樣比較好。堂島健吾，和我認識已久的熟人……竟然會在這種地方見到他，真是不適切的巧合。他已經開口叫我了，我沒辦法假裝不認識他，只好緩緩地回答：

「嗨。」

「好久不見了。」

「因為我們不同班嘛。」

健吾沒有回答，只是抓起幾根炸薯條放進嘴裡。

他的托盤上放著漢堡、咖啡和薯條，還有一盒雞塊，那就是夏季限定特別套餐。健吾朝我瞄了一眼，立刻把視線拉回前方，也就是窗外的車站風景，低聲說道：

「你也是來調查的嗎？」

「調查什麼？」

「不是嗎？」

「我只是來吃東西的。我午餐沒吃。」

健吾一臉不悅地說道：

「對了，你已經決定當個小蠢蛋了。」

我和小佐內同學的目標不是小蠢蛋，而是小市民。但我沒有糾正他。小市民才不會大刺刺地主張自己是小市民。

健吾和我以前讀的是同一所小學，剛進高中時，他對我的印象還停留在那個時候，也就是我還會對自己的洞察力和小聰明引以為傲、想都沒想過要低調一點的時候。健吾似乎還期待著高中的小鳩常悟朗依然具有偵探的能力和習性，不過現在的我已經跟以前不一樣了。

……健吾說過，以前的我雖然惹人厭，還是有一些優點，但如今的我卻變得小里小氣，又是個居心叵測的糟糕傢伙。

我當然有自己的理由，但我和健吾最後還是達不到共識，和談不來的人保持密切往來不是小市民該做的事，所以我好一陣子都沒再和健吾說話。雖然健吾對此不以為意，但我多少還是會刻意避開他。

不過呢，堂島健吾基本上還算是個好人啦。

沒必要每次見面都針鋒相對。我擺出笑容。

「健吾，你正在調查啊？」

「是啊。」

「為了校刊社的報導嗎？」

「不是，是我自己的事。」

他依然盯著窗外。

「跟你沒有關係。」

言之有理。既然如此，我也沒必要問他。

我還以為對話已經結束，於是吃起了起司漢堡，但健吾繼續注視著窗外，說道：

「……跟我們學校的女生有關，但我不能告訴你名字。」

咦？他打算說嗎？我又沒有很想知道……我姑且「嗯嗯」地搭腔。

「她以前認識的人邀請她……應該說是強迫她。」

喔喔。

這起司漢堡的味道還真是不怎麼樣。

「總之她被拉進了那個組織。」

「什麼組織？」

最近被小佐內同學拉著到處品嘗甜點，可能讓我的舌頭變得更敏銳了，我以前從來不會在意漢堡好不好吃的。

健吾停頓片刻，才用平淡呆板的語氣說：

「濫用藥物。」

……哇。

比我想像的更嚴重。

「被迫加入組織的那個女生的妹妹跑來拜託我，問我有沒有辦法讓她姊姊脫離那些人，但我沒有任何情報，也不知道該怎麼做。我還請校刊社的人幫忙，大致調查過那些人的底細。」

「藥物……是合法的還是違法的？」

「聽說那個組織的核心人物從國中時代就開始做這種事了，以前只會鬧著玩似地大量灌下感冒藥或安眠藥，現在是怎樣就不清楚了……如果還是一樣就好了。這部分我還要再調查。」

所以他才要一直看著窗外啊，多半是在監視吧。一個高中生要做這種事真是太辛苦了。

不過健吾看了我一眼，笑了一笑。

「怎麼，常悟朗，你好像很有興趣嘛。」

「才沒有咧。」

「是嗎？」

小市民才不會想要插手這種亂七八糟的事。我沒興趣，完全沒有。健吾的猜想是錯的。我轉向一旁，又咬了一口起司漢堡。

不過……我總覺得好像在哪聽過這些事。我說聽過這些事，並不是指我平時經常聽說有人濫用合法藥物，而是我在國中時就知道同年級有一群人會做這種事，那個組織都是女生，她們在國三的春天還被送去接受輔導。難道健吾調查的就是那些人嗎？

我不確定該不該說出那個組織的事，不過我已經發誓不再賣弄小聰明，而且我也不希望聽到健吾得意洋洋地說些「果然是江山易改本性難移」之類的話。不過，我需要刻意隱瞞這件事嗎？

說不定健吾早就知道了。雖然健吾和我讀的是不同的國中，但是從我們鷹羽中學畢業的學生幾乎都知道這件事，交遊廣闊的健吾想必也有幾個畢業於鷹羽中學的朋友吧。

正在猶豫時，我為了繼續延續話題而問道：

「那個女生的妹妹叫你幫她脫離那些人，那你有什麼打算？」

健吾皺起眉頭。

「先找出那群人的老窩。」

「找出來之後？」

「帶著木刀殺進去。」

哇塞，真犀利。

健吾喝了一口咖啡，把一個雞塊放進嘴裡。

「我是開玩笑的，你應該吐嘈我才對啊。」

「啊，是開玩笑的嗎。」

我倒覺得他很有可能這樣做。看來健吾至少還有基本的判斷能力。

「畢竟我不確定川俣的想法，我不知道她是真的像小霞所說被硬拉進去，還是她自願加入的。不過無論是哪一種，我都要想辦法把她帶出來。」

原來健吾說那個加入危險組織的川俣是船戶高中的二年級學生，妹妹的名字叫作小霞。他剛才還說不能告訴我名字，現在卻若無其事地說了出來，他自己似乎沒有注意到。真不錯，粗枝大葉才是健吾的風格啊。順帶一提，我大概也猜出了川俣霞和健吾是什麼關係。

我吃光了整個漢堡。很久沒和健吾說話了，今天聊得還挺有意思的，不過再繼續聽下去可能會惹上麻煩。我最後決定要說出鷹羽中國發生過的事。

「對了，健吾。」

我正要開口時，健吾卻突然站起來。

「有動靜了。」

「啊？在哪裡？」

車站前雖然不是人潮洶湧，但人還是不少，我看不出健吾說的動靜是在車站的什麼地方。

「可惡，竟然分頭走……」

哪裡啊？我沿著健吾的視線望去，沒看到有哪個年輕人做出奇怪的舉動。健吾突然從口袋拿出手冊和簽字筆，撕下一張白紙，在上面寫了些東西。我仍然睜大眼睛看著車站前，找尋有沒有在鷹羽中學看過的女生。

健吾一邊寫，一邊厲聲說道：

「常悟朗，抱歉，我要拜託你一件事。你繼續待在這裡一陣子，幫我注意看看有沒有奇怪的動靜，在你要去做其他事之前看著就行了。」

「喔，嗯，這樣啊。」

我含糊回答時，瞄到了一個令我在意的女生。她化了妝，又穿著便服，所以我不太確定是不是那個女生。不，應該不是吧。

「在……聯絡。那我走了。」

健吾急匆匆地走出店外。我依然看著那個女生，但還是無法確定。我的視力不算很好。

健吾迅速走過轉角，從我的位置已經看不見他了。希望健吾適可而止，雖然他身強體壯，但是據我所知，他還沒有強大到千錘百鍊、萬夫莫敵的程度。

我聳了聳肩膀，然後望向健吾留下的紙條。他留下這張紙條時叫我去那裡聯絡。

我拿起紙條，仔細端詳，然後翻到背面，又對著太陽透光來看，最後呆呆地張著嘴。

「……這是什麼啊？」

上面是這樣寫的。

『半』

3

什麼『半』啦。我露出痴呆至極的表情只有短暫的一瞬間，因為健吾才剛走，我的手機就收到訊息。是小佐內同學傳來的。內容是這樣：

『喂喂，我是小佐內。』

一看就知道了啊。我正在這麼想，接著又收到另一封。

『我現在在你後面。』

這、這是什麼都市鬼故事嗎？我正坐在窗邊的吧檯座位，可以藉著玻璃上的倒影稍微看到背後的景象，但其中沒有一個人看起來像是小佐內同學……

我只看到一個穿著破破爛爛的無袖外套或背心，總之就是一件老舊皮衣，打扮成搖滾風格的人站在那邊，跟那群雷鬼傢伙一樣都是我不想靠近的人物。那人戴著皮帽，手上拿的是……紙杯裝的奶昔。

看來我還不夠了解小佐內同學，反正以後只要看到戴著帽子的矮子就當作是小佐內同學吧，這是定律。玻璃倒影中的搖滾打扮的人慢慢取下帽子，對著我含蓄地笑了笑。那人有一頭齊肩短髮，小眼睛，小嘴巴。是小佐內同學。

我沒有回頭，而是對著倒影中的小佐內同學微笑。

「打扮得真特別。」

背後那人問道：

「不適合嗎？」

「很適合。」

真要說的話，倒是出乎意料地……

「……我都不知道該不該高興了。沒關係，去到店裡就能換衣服了。」

小佐內同學看著我隔壁再隔壁的位置，也就是健吾剛剛坐過的地方。

「我可以收走這個托盤嗎？」

她如此問道。我看了一下，托盤上還有一些薯條。

「應該可以吧。」

「那我就收走了。」

小佐內同學迅速地把托盤拿到回收處，然後走回來坐在我旁邊，把拿著的奶昔放在吧檯上。

「你知道我說的是『berry berry』吧？」

她微笑著說。對了，說起來她指定「berry berry」這間店的方式確實有些詭異。

「小事一樁，算不了什麼。」

「嗯，我就知道你一定想得出來。」

小佐內同學露出靦腆的表情。這是高興的意思嗎？我很少看到她露出這種表情。

「你跟堂島聊了些什麼？」

「喔，嗯，關於一個磕藥組織的事。國中的時候就有一群人在磕藥，聽說現在又出現了那種人，還把健吾女友的姊姊拉了進去。」

搖滾風格的小佐內同學似乎不怎麼感興趣。

「喔喔，你說石和馳美啊。」

「石和？被抓去輔導的那個女生？」

「是啊。」

「妳還真清楚。」

她柔和地笑了。

「因為你是男生，我是女生。女生當然了解女生的消息。」

就是說問消息要問對人吧。

「那麼，了解女生消息的小佐內同學怎麼想呢？現在高中裡出現了新的磕藥組織，會和石和馳美有關嗎？」

小佐內同學一臉困擾地皺起眉頭，漫不經心地望向窗外，窸窸窣窣地喝起奶昔。

……她這一口奶昔吸得太久，我還很擔心她會不會缺氧。

「小佐內同學……那個好喝嗎？」

她的嘴巴終於離開吸管，抬起頭來，看著奶昔。

「這個？你問我好不好喝？」

接著她用一副「你在說什麼傻話」的表情搖搖頭。意思是根本用不著說吧。我想奶昔應該不會很難喝，但是想要讓小佐內同學滿意可不是一件容易的事。

她慢慢地、囈語般地回答道：

「雖然石和受過保護觀察處分……但我覺得她並沒有做過什麼壞事。市區之中類似的組織應該不只有石和她們，應該說一定還有其他的，所以我也不確定。」
「這樣啊。」
「對了，那是什麼？」
小佐內同學指著我手中的紙條。我照著讀了出來。
「『半』。」
「……？」
「健吾叫我在這裡多待一下，如果看到奇怪的動靜，就跟這裡聯絡。」
小佐內同學不知為何表現出憂心忡忡的模樣。
「呃……這是只有堂島和你知道的暗號嗎？」
我笑著搖頭。
「不是，我也不知道這是什麼。」
沒錯，我完全看不懂健吾留下的這張紙條。
我凝視著紙條。
這是從口袋尺寸的手冊上撕下來的紙片，正面有細細的橫線，背後是空白的。「半」字寫在正面，但是沒有對準橫線。字跡寫得很潦草，不過健吾當時急著去跟蹤人，在臨走前匆匆寫下，所以會寫得比較潦草也不奇怪。

這個「半」字不是寫在紙條的正中央，而是貼近右側的邊緣。我看不出來他是不是故意的。

小佐內同學可能真的很不喜歡奶昔的味道，她神情苦澀地咬著吸管，看著外面，然後放開吸管問道：

「你想得出來有什麼地方，或是人，還是號碼，跟『半』這個字有關嗎？」

我繼續低頭看著紙條，隨口回答：

「『半』啊……本市有個地方叫半澤町，不過一整個町的範圍太大了，而且健吾也沒去過那個地方。

如果是人名的話，我只想得起一個叫半村良的人，啊，不對，還有另一個姓半村的人。不過那是我國中時代的同學，健吾並不認識他，連我都很少跟他說話。

至於號碼嘛，『半』指的是一半吧？half。fifty。fifty fifty。五十比五十？」

我忍不住笑出來。

「不可能吧，真是這樣的話，直接寫 5050 就好了。光靠這個根本沒辦法拼湊出電話號碼。」

我捏起紙條，對著小佐內同學搖晃。

「不可能是這樣的。方向錯了。健吾是因為趕時間才會寫成這樣，為了寫得簡略一點。的確啦，寫得太簡略還是會讓人看不懂，不過健吾應該沒有那麼匆忙。他或許以為這樣寫我也看得懂，所以才這樣寫的。」

不過小佐內同學並不贊成我的意見。

「不見得喔，堂島的腦海裡或許浮現了某種靈感。」

她又喝了一口奶昔，果然還是厭惡地皺起了臉。

「有一種無與倫比的神聖時刻，會使得思考能力超越原本的界線。」

「喔……？」

「在瀕死的時刻。」

「為、為什麼要用倒敘法？妳是說健吾要死了嗎？」

小佐內同學朝我瞄了一眼，然後稍微低下頭。

「小鳩，你好像很開心的樣子……」

糟糕。我的背脊冒起一股寒意。對耶，我現在正打算破解健吾留下來的神祕紙條，這完完全全是偵探做的事。我只是個小市民，小市民看到這種奇怪的紙條，才不會想要找出真正的含意。

我對小佐內同學低頭鞠躬。

「是，對不起，我應該這樣做才對。」

我不再盯著紙條，而是拿出手機。既然不知道紙條的意思，直接問對方就好了。這是最簡單的方法，只要打電話問健吾「我看不懂你剛才寫的那張紙條，你能不能告訴我那是什麼意思」。

我撥了健吾的手機號碼。鈴聲響了一聲，兩聲。

「沒接耶。」

我掛斷電話。

「小鳩……你掛得太快了……」

我不這麼認為。

真遺憾。既然健吾沒有接電話，我只好自己破解了。健吾正在想辦法拯救一個女學生，還為此向我求助，身為一個有責任感的人，當然得回應他的要求，這絲毫無損於我小市民的身分。

4

我意識到小佐內同學的眼光變得冰冷，但還是繼續看那張紙條。有人打電話來，但我正在忙，所以沒有接。

「剛才是堂島打來的吧……」

小佐內同學口中念念有詞，但我沒有放在心上。

「所以應該先考慮的是，有沒有什麼事情是從『半』字一眼就能看出來的。健吾自己當然知道，而他既然寫了這樣紙條給我，那就代表他認為我也是知道的。就算堂島健吾的個性再怎麼少根筋，我也不相信他會蠢到把只有自己知道的訊息寫給我看。」

「小鳩，你對堂島很不客氣呢。」

別挑我毛病，我現在是在協助健吾的義舉耶。

人有時會突然想不起某些事。健吾認為我一定看得懂「半」的意思，事實上我或許真的知道，只是一時之間想不起來罷了。半。半天班。半路出家。降半旗。

可是……我什麼都想不出來。既然這麼難猜，直接告訴我不就好了？

想到這裡，我突然靈光一閃。

「……為什麼健吾不直接說呢？」

小佐內同學輕輕嘆氣，露出一臉放棄的神情，說道：

「需要寫下來，就代表用說的會忘記。譬如電話號碼沒辦法聽一次就記起來，所以才需要抄下來。」

「的確是。約會的日期時間也需要寫下來，因為就算當時記得，後來也有可能會忘記。」

「堂島留下紙條時說了什麼嗎？」

呃……他有說什麼嗎？

如今試著回憶，我才發現自己根本記不清楚。健吾當時看著外面，說「有動靜了」，叫我繼續在這裡監視一段時間，然後……

「好像是『在……聯絡，拜託了』之類的。」

「所以『半』指的確實是聯絡的地方囉？」

我盤起雙臂。

「……我不太確定。當時我看著外面，沒有聽清楚。搞不好他說的是聯絡的時間……」

小佐內同學看看手錶。那支手錶有著黑色皮革錶帶，和她的皮背心挺搭的。

「現在是三點，他或許是叫我三點半跟他聯絡。」

「你真的這樣想嗎？」

小佐內同學搖搖頭。

「如果是這樣，他直接說三點半就好了。」

的確。所以這個「半」字的用意應該是……

「這個字一定隱含了沒辦法用言語說完、或是沒辦法輕易記住的大量資訊……依照我的想法，破解這張留言的關鍵就在這裡。」

「半」就是「半」，只有一個字，只有兩個字元。既然拿到這張紙條的我猜不出來，裡面不可能隱含了「沒辦法用言語說完」的大量資訊。

既然如此……

「這不是『半』，只是看起來像『半』。」

小佐內同學又露出苦澀的表情。她喝了奶昔。我看不下去，就說道：

「既然這麼難喝就別喝了。」

「……小鳩，你的想法很有突破性。」

真的嗎？

小佐內同學伸長手臂，把裝著奶昔的紙杯推得遠遠的，然後看著紙條說：

「既然不是『半』，那就是『羊』吧。」

「這兩個字只是字形有點像。」

「那就是『坐』吧。」

「一點都不像。」

如果是文字，絕對不會含有「沒辦法用言語說完」的大量資訊。雖然中文有辦法用一個字表達出「左顧右盼」的意思，但我不認為「半」這個字隱含了那麼多的訊息。

「再不然就是把片假名的『キ』加上英文字母『V』。」
「那是什麼意思?」
「呃……我只是突然想到……」
小佐內同學看著遙遠的前方,一副「隨你高興吧」的樣子。
小佐內同學不明白,這紙條是健吾寫的,健吾寫的紙條不可能會有那麼複雜的破解法。照這樣說來,我應該看得懂才對。
我又看了看紙條。
「……嗯?這是……」
我本來還以為他只是寫得太用力了。
「有點奇怪耶。」
雖然小佐內同學沒有看著紙條,我還是指著那個看起來像「半」字的東西。正確地說,應該是那東西的上半部。
「第一劃和第二劃有點歪耶。」
如果這是「半」字,第一劃和第二劃,也就是「點」和「撇」,應該連接著中間的一豎,或是分別寫在一豎的左右兩邊,但健吾寫的紙條卻是「撇」穿過中央的一豎,連接在「點」的尾端。

字寫成這樣也太難看了。當然，有可能只是寫得比較潦草罷了……

我再看下去，就覺得兩條橫線也怪怪的。如果這是「半」字，下方的一橫應該要比較長，但健吾寫的紙條卻是兩橫一樣長……不，下方的一橫甚至更短。

「穿過中央一豎的點，還有下方比較短的橫線……」

我用手指在吧檯上寫字。我模仿著健吾的紙條寫出「半」字，但怎麼學都學不像，我可以把下方一橫寫得比較短，但第一劃和第二劃怎麼寫都沒辦法寫得像健吾一樣。這真的是「點」和「撇」嗎？

不是。

我終於發現了。竟然費了這麼多工夫。這當然不是「半」字。

「我知道了。」

看著遠方的小佐內同學把視線轉了回來。

「啊？」

我在吧檯上寫了「キ」字，然後在上面打一個勾勾。像「V」一樣的形狀。

「光是一個字不可能包含沒辦法用言語說完的大量資訊，如果是圖畫就不一樣了。

這是地圖。有兩個十字路口，第二個十字路口打了勾。健吾不是叫我聯絡這裡，而是要我跟這裡的人聯絡。」

真是太蠢了。因為我一開始把它想成「半」字，就算後來想到或許不是「半」，還是一直被困在「這是文字」的成見之中。

但是小佐內同學的表情還是一樣鬱悶。

「……地圖啊，或許吧……不過這是哪裡的地圖？」

……咦？

有兩個十字路口，在第二個十字路口或許可以找到健吾要聯絡的人。會是川俣霞嗎？還是健吾找來幫忙的校刊社社員？

順帶一提，我們木良市市中心的馬路大致上是棋盤狀的，也就是說，到處都有十字路口。

此外，沿著眼前的馬路直直走過去並不是十字路口，前方是車站前的圓環，也就是說路已經走到底了。

「啊，是不是我弄錯了？」

小佐內同學拿起我手中的紙條。

「……不，我覺得這確實是地圖。聽到你說這是『半』字時，我只覺得這個字寫得很奇怪，若說是打了勾的十字路口，從筆跡看來的確是這樣畫的。」

健吾的筆力很強，而且在寫完時會果斷停住，真不知道要怎麼寫才能寫成這樣。小佐內同學說筆跡是這樣畫的，那應該錯不了。

既然如此……

「地圖應該有個對照的基準點。」

「『半』嗎？」

「是這張地圖。」

如同我一開始看到的一樣，這張紙條上除了「半」以外沒寫其他任何東西，背面也是空白的。除此之外，僅有的特徵就是上方留著撕破的痕跡，以及「半」字的位置靠近右側邊緣。

因為上方有撕破的痕跡，所以我能輕易分辨這個「半」字的方向。如圖所示，打勾的地方在上方。如果倒過來，勾勾就會變成「へ」字，沒有人會這樣標記的。

「小鳩……」

小佐內同學用一種教導的語氣說。

「我在想啊……」

「想什麼？」

小佐內同學盯著我的眼睛。平時她跟我四目交會都會立刻轉開目光，很少會有這種情況。

「要看出這個『半』字是地圖，並沒有那麼困難，你遲早會發現這不是字而是地圖，只是因為你覺得堂島寫的東西你鐵定能立刻看懂，所以才會想這麼久。」

聽起來真刺耳。不過她確實說對了。

「所以我覺得，要怎麼做才能把這張圖當成地圖來看，這應該就是堂島的創意來源……」

唔……的確是這樣。

我竟然連健吾寫的紙條都看不懂，這令我懊惱不已，不過小佐內同學說的沒錯，我不能因為這張紙條是健吾寫的就小看了它。

「我知道了。讓我安靜思考一下。」

要破解不知道的事情時，不可以太過專注。這是我的親身經驗。當然，要抓出問題所在就必須專注，仔細思考，縮小可能的範圍。不過，到了結尾的階段，就得把注意力放鬆一點。當然不是說要解除緊張感，而是要在保持緊張感的狀態下拓展思考的幅度。就像在黑暗中看東西一樣，人的眼睛看不清楚核心部位的黑暗，所以在黑暗中看東西得靠眼角的餘光。想要掌握事物的真相，就得拓展思考的幅度，要看到包含了核心的整體圖像。

我開始拓展思緒，因專注而集中於一點的視線也開始渙散。這種舒適的感覺真令人懷念，我很久沒用這種方法來思考了……

地圖必須要有對照的基準點，而且健吾會在當時畫出這幅地圖交給我，想必是認定我能看懂。

不對，他沒有交給我。

在我的記憶裡，健吾並不是直接把紙條遞給我。

是我自己把紙條拿起來的。

對了，紙條是擺在桌上的。

「……原來如此，難怪我看不出來……」

我喃喃說道。

「應該是這樣。」

我的手動了起來。

在我沒有集中焦點的視野一角，我似乎看到了小佐內同學在笑。

5

小佐內同學在離開漢堡店前先去了廁所，手上提著一個運動提袋。

出來以後，她已經脫下了那件破爛的皮背心，換成了牛仔背心，雖然短牛仔褲和上衣都沒換，光是換了背心，原本那種詭異搖滾風格就消失了。她左右兩邊的瀏海用髮夾固定在不同的高度。運動版的小佐內由紀完成。若是這種打扮，跟她一起走在街上也不會丟臉。話說回來，小佐內同學的衣服還真多，她該不會也有夜行裝吧？

我們走在三夜街上，朝著車站的反方向筆直走去。三夜街離鬧區有一段距離，所以沒有那麼熱鬧，但還不至於全部商店都關著門。運動用品店的隔壁是一間小小的神社，再隔壁就是「村松屋」。我問小佐內同學是不是把這間店的焦糖蘋果列入了她的甜點排行榜，她笑逐顏開地點點頭。

走到書店和派出所，三夜街就到底了。馬路還繼續往前延伸，但再過去是不同的路名。我從口袋裡拿出兩張地圖。

一張是健吾留下的紙條，另一張則是鋪在漢堡店托盤上的「三夜街週年慶」傳單。我把傳單和紙條疊在一起。

健吾鐵定不是在測試我的智慧，他不是會做這種事的人，他畫給我的是一眼就能看懂的地圖。他要離開之前，眼前的托盤上墊著一張傳單，上面印著三夜街的地圖，所以健吾撕下一張紙條，畫上「相連的地圖」，為了讓我明白他的夥伴就在不遠之處。

這是非常合理的行動。

可是我沒有仔細聽健吾說話，而且健吾也沒有再次跟我確認，所以我立刻就把紙條拿起來。因為紙條和傳單分開，地圖就變成了「半」字。

「半」字下方的橫線代表沿著三夜街直直走下去的路。因為「半」字寫在紙張的右端，所以紙條和傳單的左側是連在一起的。沿著三夜街走到底，在第一個十字路口右轉，下一個十字路口打了勾，那裡就是目的地。

我們走到了打勾之處的十字路口。這裡有加油站，還有一間咖啡廳。

那是一間叫作「CHACO」的小咖啡廳。推開彩繪玻璃門，門扉發出軋軋的聲響，一位豐滿的女性站在櫃臺裡笑著說：

「歡迎光臨。」

小佐內同學已經躲起來了。我揮揮手說：

「不好意思，我不是客人，是堂島健吾叫我來的。」

被盆栽遮住的包廂裡傳出聲音。

「堂島學長怎麼了嗎？」

那是一個穿著淺粉紅色T恤和牛仔褲的女孩，頭髮剪得有點短，還染了淺淺的顏色，長相看起來挺乖巧的，身材也頗纖細。這位就是川俣霞嗎？還是校刊社的社員？算了，是誰都無所謂，反正只要確定健吾的夥伴在這裡，我的工作就結束了。

「喔喔，是妳啊。健吾好像發現了什麼事情，就跟過去了。」
「這樣啊。那他現在呢？」
「我不知道。總之就是這樣。那我走了，加油。」
我說了些無意義的話，就走出了「CHACO」。
還有什麼好說的呢？雖然健吾叮嚀我若是發現什麼奇怪的動靜就來聯絡，但我連要監視誰都不知道。
算了，世事有時就是這麼無奈。
看來應該可以在約好的三點半去「berry berry」了。我朝著三夜街走回去。
小佐內同學跟在我的後面。
「你還是破解了。」
我沒有回頭，繼續看著前方說：
「嗯……是啊。」
「你明明說過不會再做這種事的。」
我搔搔臉頰。
「是這樣沒錯。

不過應該沒關係吧，又沒有被別人看見。對我來說，這件事反而是符合小市民原則的行為，面對那種情況，任何人都會想要破解紙條的謎題，我只不過是成功地破解罷了。」

我和小佐內同學約定好要互相保護，除此之外，我們也約好了若是有一個人做出小市民不該有的行為，另一個人就要加以勸阻。

我的辯解並非毫無道理，但小佐內同學也是因為守約才會糾正我。到此為止都是這樣。

可是……

「……」

見她沉默不語，我回頭一看，發現她嘴脣微微上揚，像是在苦笑。

「嗯？小佐內同學？」

「嗯，是沒錯啦。」

我用笑臉回應了她的這句話。

心中的疑惑逐漸加深。

總覺得有些奇怪。小佐內同學看到我打算破解健吾留下來的紙條，卻沒有試圖阻止我，反而還像是在鼓勵我。

此外就是她眼中的笑意。我快要發現真相時，小佐內同學笑了。我對小佐內同學的了解不算淺，多少可以掌握到她的思考方式和行為模式。

但我總覺得有些不對勁。以我對她的認知，完全無法解釋她這些行為。

她看到我解開謎題，為什麼會那麼高興呢？

小佐內同學在我的背後用雀躍的語氣說：

「嘿，小鳩，今天的冰雪西瓜優格讓我來請客吧！」

第三章　超辣大碗湯麵

1

在冷氣開得很強的客廳裡，我躺在沙發上看著文庫本。我邋遢地穿著短褲和運動衫，反正是在自己家裡，邋遢一點也無傷大雅。家裡沒有其他人在，如果太熱的話，我只穿一件內褲也不會有人抱怨，不過我並不想邋遢到那種地步。

小佐內同學在這個暑假裡一直拉著我到處跑，今天倒是沒有安排行程。我們的甜點巡禮以非常高的效率進行，雖然暑假只過了一半，目前只剩下前三名的店還沒去。前陣子去吃第五名的「特製聖代」真的很辛苦，小佐內同學說外環道路的休息站美食區賣的比較好吃，硬是拉著我去，但路程真是遠得太誇張了，我平時絕對不會騎腳踏車騎到那麼遠的地方。雖說夏天的白晝比較長，但三點出門吃點心，回家時太陽都快要下山了。今天就在家裡好好休息吧。

我對現在正在看的書原本沒有抱著多大的期待，不過吃完早餐之後一翻開就停不下來。並不是因為寫得特別好，文章本身很平凡，但是很會賣關子，讓人不得不期待看到接下來的劇情，所以我沉迷到連午餐都沒吃。這就叫作手不釋卷嗎？劇情逐漸邁向高潮，看得出來前面已有豐富的鋪陳，但我不知道哪一條才是伏筆。主角的命運究竟會如何呢？我正要享用最後一章，卻遭到了打擾。

有人打電話來。我的手機放在自己的房間裡，但響起的是室內電話。竟敢打擾我，如果是無聊的推銷，我一定要詛咒他。我心不甘情不願地離開沙發，接起電話。

「喂？」

「是小鳩家嗎？我是堂島。」

……哎呀，真是的！這傢伙一年打電話給我不到一次，偏偏在我要看最後一章的時候打來，真是太不會選時機了！我毫不掩飾地用不悅的語氣說：

「是健吾啊。幹麼？有事的話傳訊息給我就好了嘛。」

堂島健吾果然不愧是堂島健吾，無論我的語氣不爽到多麼反常，他也絲毫不介意。

「我打過你的手機，但是你沒有接。」

「我沒聽到。我又不會隨時把手機放在身邊。」

「你在幹麼？」

「正在忙。」

「……忙什麼？」

我嘆了一口氣。都沒心情看書了，最後一章先保留，等到不會被人打擾的夜晚再慢慢看吧。

「你管我忙什麼。有什麼事嗎？」

我心想情況一定很嚴重，因為健吾專程打電話給算不上好友的我，而且打的還是室內電話，想必是有要事。之前他在漢堡店拜託過我幫忙監視，之後一直沒跟我交代下文，或許是要談那件事吧。

「你吃過午餐了嗎？」

「……還沒。」

「這樣啊。我要去吃湯麵，你陪我去吧。」

……什麼？

邀我吃午餐？哈哈哈，他真會開玩笑。

我乾咳了一聲，用調侃的語氣說：

「我知道了，原來如此，很有趣。到底是什麼事？」

話筒的另一端傳來了憤慨的聲音。

「我不是在開玩笑。總之等你來了再詳談吧。我請你。」

「……湯麵啊……」

「常悟朗，你該不會說你不想在大熱天吃拉麵吧？記得帶一條毛巾來擦汗，店裡很熱的。」

和小佐內同學到處吃甜食雖然很辛苦，但至少還算體面，可以坐在時髦的桌邊說著「很好吃耶」、「是啊，真好吃」。相較之下，帶著毛巾和彪形大漢在夏天中午去吃湯麵也差太多了。我簡直要喜極而泣了。

「你說去了再詳談，是什麼事啊？直接在電話裡說吧。」

既然今天這麼熱，店裡也很熱，何必特地跑一趟呢。

不過健吾卻說了奇怪的話。

「你來就是了，我要讓你聽我訴苦。」

訴苦？

「讓你聽我訴苦」這種語氣還真有健吾的風格，我聽得都想笑了。抱怨就抱怨啊，一開始就說明這是訴苦，該說他爽快還是沒心眼呢？我對健吾這種乾脆的作風表示了敬意。

「好吧，我去。哪一間店？」

「你知道『金龍』吧？」

我知道，那間店就在船戶高中附近，是體育社團的人最愛去的拉麵店，店裡排放著塑膠皮的旋轉椅。不久前我才在「櫻庵」坐在時髦的木桌前，聽著流水竹筒聲，一邊吃著日式冰淇淋。

「我三十分鐘會到。」

我說完就掛了電話。

光是小佐內同學就算了，竟然連健吾都來約我，我在這暑假還真有人緣。不過我是男生，吃湯麵確實比吃冰淇淋更適合，也可說是更像小市民。若是跟健吾一起去，應該沒辦法在拉麵店的櫃臺前繼續看文庫本吧。

屋齡老舊、牆壁滿是裂痕的破爛建築物上掛著燈泡環繞的「金龍」招牌。我騎著腳踏車，在比起冷氣溫度調得很低的我家客廳簡直熱得像地獄一樣的戶外奔馳，來到了這間店。我接受健吾的忠告，但是真的拿毛巾來也太俗了，所以只帶了小手巾。

健吾盤著雙臂，跨開雙腳站在門邊，身上穿著條紋橄欖球衫和卡其褲。他穿著橄欖球衫，看起來真的像個橄欖球選手。他緊抿著嘴巴，盯著我停下腳踏車。

「你來啦。」

「感謝你的招待。」

「難得有這機會，你就盡情地吃吧……進去吧。」

他有力地說完，放下雙臂，推開店門。

「歡迎光臨！」

店裡傳出招呼聲。廚房裡站著身穿白色廚師服、體格比健吾更加魁梧的鬍渣男。健吾也不遑多讓地用響亮的聲音喊道：

「超辣大碗湯麵兩碗！」

「好的，超辣大碗湯麵兩碗！」

咦？超辣？

「等一下，健吾，我不能吃太辣的……」

健吾拍拍我的背。

「別擔心，不會辣到讓舌頭壞掉啦。」

「你的不會壞，我的可不一定。」

「不會啦。」

這個嘛，或許吧。小手巾不知道夠不夠用。幾乎和我一樣高的空調在櫃臺後方發出嗡嗡聲，店裡並不像健吾說的那麼熱。

現在已經過了午餐時間，所以店裡空無一人。我們坐在旋轉椅上。

我在講電話的時候已經覺得不對勁，見面之後就更清楚地感覺到，健吾今天真的很奇怪。健吾是個粗枝大葉、不會看人臉色的遲鈍傢伙，而且平時老是板著撲克臉，一副無趣的樣子，不由分說就把人叫出來確實很符合他的風格，但他今天好像格外亢奮，與其說是心情好，更像是豁出去了的樣子。或許就是因為這樣，他才會說要讓我聽他訴苦吧。

健吾用濕毛巾擦擦手，一張方臉上露出微笑。那笑容帶著一點諷刺的味道，很不像他。

「不好意思，突然把你叫出來。」

「還好啦。」

「反正你一定很閒吧。」

「為什麼你會這樣想？別看我這樣，我暑假也是很忙的。」

健吾皺起眉頭。

「很忙？你真的很忙嗎？」

「呃……今天是沒事啦，不過最近小佐內同學一直拉我出去，今天吃百匯，明天吃聖代。」

咦？這兩種東西哪裡不一樣啊？

「小佐內？」

他微笑了。

「你們感情真好。」

這樣算是感情好嗎？以我和小佐內同學的關係來看，她會這麼頻繁找我顯然有問題，但是要跟健吾解釋這些事太麻煩了，而且這個暑假一再被她拉出去，我也差不多習慣了。我用聳肩代替回答。

「所以呢？你不是有話要跟我說嗎？」

「嗯，是啊。我想了很久，覺得找你聽我訴苦是第二適合的。」

「第二？那第一呢？」

「第一是在地上挖個洞，對著洞裡大喊之後埋起來。」

如果他這樣做，上面長出來的蘆葦每次被風吹過就會傳出他訴苦的內容了。我不覺得這個方法有健吾說的那麼好，但我更不同意他說我是第二適合的。

「你去跟女朋友說不就好了。呃……是叫川俣吧？」

健吾的表情僵住了。我本來以為他是害羞，結果好像不是。他用自嘲的口吻說：

「川俣不是我的女朋友，而且這件事跟她有關，怎麼可以跟她說呢。」

然後他猛然抬頭。

「為什麼你會知道川俣的事？」

「怎麼會不知道，上次你不是在車站前的漢堡店跟我說過嗎？」

「我跟你說過？」

「是啊。你還說了是川俣的妹妹……叫什麼？霞嗎？是川俣霞拜託你，你才去調查的。」

「我連這些事都說了……？」

健吾歪著腦袋。他說出這些話時像是無意識的自言自語，也難怪他記不得了。

我把手肘靠在紅色的櫃臺上。站在廚房裡的老闆把竹篩上的一大堆蔬菜，包括青椒、紅蘿蔔、洋蔥、高麗菜、豆芽菜全都倒進炒菜鍋，水分在熱油中爆開的聲音響徹了整間店。

「所以呢？那個女生讓有名的堂島健吾怎麼了？」

「喔喔……」

健吾還是一臉無法釋懷的表情，用左手握住右拳，像是下定了決心。

「我不記得自己提過她的名字，總之她妹妹叫我幫她脫離那群不正經的傢伙。」

「你有說過。」

他猶豫地沉默片刻，才喃喃地說：

「結果她把我趕走了。」

那還真是不幸。

「雖然很遺憾，但她若是自己想要加入那個組織，你也沒辦法吧。」

「真是那樣的話，我幹麼這麼沮喪啊？」

我想了一下。假如那個叫川俣的人是自願加入那個組織，健吾沒辦法把她救出來會覺得沮喪嗎？

「……我覺得你還是會沮喪吧。」

鍋中翻炒的蔬菜開始散發出香氣，老闆甩動著炒菜鍋。鍋子和爐架相撞，發出鏗鏘的聲音。

健吾露出苦笑。

「你是以我小學時的標準來判斷的嗎？」

「這應該是我要對你說的話。」

「如果她是自己想要磕藥，我才懶得理她咧。有人向我求助，當然要幫忙，我一開始確實是這樣想的，不過她既然把我趕走，我也沒必要再堅持下去。」

我倒是有些驚訝，因為我沒想到堂島健吾會有這麼灑脫的一面。既然他自己都表達出不滿了，或許我真的該對他改觀。

「……但是川俣自己也想離開，她真心想要離開。常悟朗，你是鷹羽中學畢業的吧，你知不知道你們學校曾經有人因為磕藥而被送去輔導？」

「知道啊，我還想過要跟你說咧。」

「什麼嘛，你果然知道。」

健吾哼了一聲。我並非故意隱瞞，但還是有些尷尬。

老闆的動作很匆忙。對耶，店裡只有他一個人，他又要炒菜，又要在碗裡加湯，連煮麵都得自己來，既不能把麵煮得太糊，也不能把菜炒焦，時間必須掌握得非常好……現在只有兩個客人，還能勉強應付過來，等到客人多的時候真不知道該怎麼辦。此時我才發現，牆上貼著一張紙，大大地寫著「急徵廚房助手　待優　條件面議」。

「被抓去輔導的那群人的老大叫作石和，她一直懷疑是川俣去告密的，所以她今年找到川俣，說了很多威脅的話，還作勢要拿扳手打她。」

扳手還得看尺寸，不過那根本是打算殺人了吧。

「其實告密的並不是川俣，但她已經嚇壞了，就算想逃也不敢逃。我已經盡力去調查了，不過……」

健吾無奈地抬頭仰天。

「真糟糕。我試著去說服她，但她一點都不相信我，她甚至覺得是石和找我來試探她會不會背叛。我經常多管閒事，但我還是第一次這麼不受信任。」

「不是她妹妹來拜託你的嗎？講出她妹妹的名字不就好了？」

「我當然有提到，她妹妹也證實了這一點。結果她聽了以後就說，她知道妹妹擔心她，但她若是退出，我有辦法全天在她身邊保護她嗎？石和根本不是正常人，如果她想要偷溜，說不定會被宰掉。」

看到她怕成這樣，我怎麼可能說得出『沒關係，我會保護妳』？這又不是漫畫情節，我也不可能隨傳隨到。再說，我也沒有義務為她做到那種地步……結果我只能摸摸鼻子走人。」

健吾深深地嘆氣。

他還真拚命呢，雖說是小女友的請求，但他真的非常賣力。說服不了川俣是無可奈何的事。從健吾的敘述聽來，他實在沒有籌碼可以說動對方。

「所以你才會這麼沮喪啊？」

但健吾搖搖頭。

「不，雖然我的能力有限，但是立刻放棄未免太沒毅力。我在想，是不是還有我能做的事，所以我又去找她談了一次。常悟朗，你知道她跟我說什麼嗎？」

我想了一下。他鐵定又吃了閉門羹吧。

「她嫌你很煩？」

「不……她說我很礙事。」

……哇。

健吾淡淡地望著老闆撈起麵條、迅速甩乾水分的俐落動作，稍微帶點自嘲地說道：

「我的決心根本不夠，我並沒有即使惹禍上身也要幫助川俣的想法。實在是太偽善了……」

我覺得有些遺憾。健吾很有正義感，所以老是多管閒事，他那種不加思索出手助人的單純積極個性還挺有意思的。如果他自認偽善而變得綁手綁腳的就太無趣了，那種話就是要從凡事冷眼旁觀的人的口中說出來才有趣嘛。

健吾的訴苦似乎已經結束了。超辣大碗湯麵端了上桌，兩個白色的碗公擺在我們面前。

「久等了，超辣大碗湯麵好了！」

……跟臉盆一樣大的碗公裡堆著圓錐狀的蔬菜，看起來就像霜淇淋一樣，完全看不見下面的湯和麵……

雖然夏天的暑氣令人食欲不振，這麼一大碗麵擺在眼前，不拚命也不行了。我一邊拿起免洗筷一邊說：

「偶爾就是會有這種事嘛，一定會有辦法的。好啦，我要開動了。」

看到我一邊說著無意義的安慰之語一邊拆開免洗筷，健吾輕輕點頭。

「不好意思，跟你說了無聊的事。」

我正想說「不用在意」，卻突然想到。

「……對了，健吾，為什麼你覺得我適合聽你訴苦？如果川俣霞不能聽你說，你也可以找校刊社的朋友啊。」

「喔喔，你問這個啊。」

健吾不以為意地說道。

「校刊社的人多半很善良，如果我跟他們訴苦，他們一定會極力安慰我說我沒有錯。換成是你就不會太同情我或是拚命安慰我，只會隨便聽聽就算了。」

……說得還真過分。

要這樣說的話，去跟地藏菩薩說不是更好嗎？真是的，堂島健吾對我老是這麼沒禮貌。

健吾拍了一下自己的腿，也拿起筷子，大聲說道：

「喂，常悟朗，怎樣，這個怎能不吃呢？沒有食慾的時候，這世上沒有任何東西比『金龍』的湯麵更好的！」

「我知道了啦，你快吃吧。」

「好，我開動了！不好意思，兩份特價午餐！」

兩份？我也有？

好啦，我知道了，我吃，我吃就是了嘛。我沒有夾起堆積如山的蔬菜，而是先把湯匙插進去舀起一勺湯，一口喝下。

……辣、辣死了！

第四章　過來，給你糖果

1

這一晚，胃袋裡塞得滿滿的食物總算是消化完了，我期待已久的文庫本最後一章也出現了令人滿意的大結局，此時是晚上十一點，差不多該睡了。放在床上的手機發出震動。我以為是訊息，所以沒有理會，但是手機一直震個不停，我才發現是有人來電，趕緊拿起來，看到螢幕顯示著「小佐內同學手機」。

健吾打電話給我已經很讓我驚訝了，而小佐內同學也是很久沒有打電話給我了。我試著回想……但是不論我怎麼想都想不起來，我甚至懷疑這是她第一次打電話給我。不知道有什麼急事，我有些緊張地接起電話，就聽到小佐內同學雀躍的聲音。

「啊，小鳩？你還醒著嗎？不好意思，這麼晚打電話給你。」

「沒事的，我還醒著。」

「今晚很熱呢，我一直睡不著。」

因為現在是夏天嘛。小佐內同學家裡的格局看起來像中上階層的住處，她的房間一定也裝了冷氣吧？

「可以去吹吹晚風啊……那妳找我有什麼事？」

「嗯，有些事情。」

她似乎有些不安。

「嘿，小鳩，我前幾天不是跟你說過要一起去『三夜街週年慶』嗎？」

「喔喔，嗯。」

我含糊地回答。上次我陪她去吃《小佐內精選甜點・夏季篇》第四名的「雙球冰淇淋」，她在回來的途中確實問過我。順帶一提，依照小佐內同學至高無上的命令只能點黑芝麻和豆漿口味，但我心底其實很想點原味和抹茶口味。不過黑芝麻和豆漿畢竟是小佐內同學精心挑選的口味，確實挺好吃的。

那一天，小佐內同學漫不經心地問了我「三夜街週年慶」那天有沒有事，我也隨口回答「應該沒有吧」。

小佐內同學或許是聽出了我的語氣興致缺缺，所以突然變得很強硬。

「沒問題吧？你那天真的沒事吧？」

她再次確認。

「……沒事啦，我那天有空，我會去的。」

電話的另一端傳來了安心的氣氛。小佐內同學用溫和的語氣說：

「這樣啊，那就好……我總覺得好像沒有仔細確認過……」

她這麼說。

我重新拿好手機。

「妳這麼想去啊?」

「當然!」

小佐內同學的語氣充滿了熱忱。

「絕對要去!」

「為什麼?這樣說或許有些失禮,但我覺得那只不過是商店街的活動嘛。」

「我說啊……」

她的語氣懇切,像是在教導一個笨學生。

「『三夜街週年慶』的確只是商店街的活動,但是三夜街有『村松屋』。想在本市買日式點心,絕對沒有比『村松屋』更好的選擇,這是基本常識。」

怎樣的人會有這種基本常識啊?

「我給你的地圖上也有標出『村松屋』,你還記得嗎?」

「喔喔,有啊。」

上次我在漢堡店遇到健吾的那天也有看到。那間店賣的是……

「他們的焦糖蘋果很好吃嗎?」

「是啊。」

在電話另一端的小佐內同學是怎樣的表情呢？

「其實焦糖蘋果只是小點心，不應該列入甜點排行榜，可是『村松屋』的焦糖蘋果是與眾不同的。你聽到了嗎？小鳩，與眾不同喔。」

「喔……」

「專賣日式點心的『村松屋』在一年之中只有『三夜街週年慶』這一天會在店面販賣用特選的蘋果和精心製作的麥芽糖做出最棒的焦糖蘋果。蘋果用的是較酸的品種，而且是在客人點了之後才開始剝皮。麥芽糖不會太甜，但味道也不會太淡，絕對不加色素，一層金色的薄薄糖衣裹在外面，酸味與甜味以絕妙的平衡感交融合一，絕對可以把焦糖蘋果的概念提升到更高的層次。」

「這樣啊……」

連提高層次都出來了……

「這個夏天我介紹了很多店家給你，但是如果缺少了『村松屋』的焦糖蘋果，就不算是介紹了真正有價值的東西啊！」

這下子又變成真正有價值的東西了。我是不是該收斂神色正襟危坐啊？

為什麼我就是沒辦法讓小佐內同學明白我不是那麼愛吃甜點啊？不過她既然那麼期待

吃到「村松屋」的焦糖蘋果，我最好不要潑她冷水。我只能乖乖地附和了。

「聽起來滿令人期待的。真的。那要明天直接在店面集合嗎？」

她沉默了一下。或許是因為話還沒講完就被打斷而不高興吧。小佐內同學突然換了個沉著的語氣。

「……不，不要去店面，你先來我家，然後我們再一起去。對了……一點左右，約在我家。」

「一點啊。好，那就明天見。」

「絕對要來喔。」

我含糊地「喔」了一聲就準備掛斷電話，但小佐內同學又補了一句：

「這必定是今年夏天回憶的大總結。」

……希望會是美好的一天。

……八月十八日晚上十一點二十分左右，石和馳美接到川俣早苗打來的電話。川俣向石和報告了小佐內由紀在隔天十九日的行程。

石和要求川俣實行組織先前討論出來的計畫，川俣婉轉地拜託石和停止計畫，但是她人微言輕，石和根本聽不進去。

川俣掛斷電話後，石和就傳訊息通知其他成員隔天要進行的行動，這些訊息都留在收到石和指示的各個成員的手機裡了。

那一晚，木良市的氣溫遲遲不降，成了這個夏天最難入眠的夜晚。

2

前一晚累積的雲層到隔天早上還是一樣厚，真不是適合外出的好天氣。或許是因為夜晚的熱氣還沒散去，今天從一大早就很悶熱，讓我的心情也跟著變得沉重。胃裡感覺好像還殘留著昨天的湯麵，都是因為吃了太多超辣的東西……

我們約好的時間是一點。就算胃腸不舒服，一直空腹反而不好，所以我先簡單地吃了一些吐司才出門。今天商店街有活動，騎腳踏車去不知道停車場還有沒有空位，總之我還是決定騎腳踏車去小佐內同學家。

雖然太陽沒有露臉，氣溫卻不斷上升，讓我覺得興味索然，對什麼都提不起勁。我已經提早出門了，沒必要急著趕路，所以我也懶得用力踩踏板，連有些坡度的住宅區狹小巷子都覺得騎得很辛苦。

我在途中熱得有些受不了，就躲進便利商店納涼，耽擱了不少時間，到小佐內同學家的時候正好是約定的一點。不知道本週是不是「全國失禮週」，昨天健吾對我也很失禮，今天小佐內同學叫我來她家，但她自己竟然不在家。

說是這樣說，我也不能捶打緊閉的鐵門之後就垂頭喪氣地回家。我搭電梯到三樓，按了小佐內同學家的門鈴，走出來開門的並不是小佐內同學，而是一位眼睛鼻子都和小佐內同學長得很像的女性。

我以前來過小佐內同學家幾次，每次都沒有看到她的家人。我從未問過她家裡的事，只聽說她父母都在工作，我還懷疑她是不是都故意趁家人不在的時候才請我去她家。我本來以為今天也是一樣，所以看到其他人走出來，真是嚇了我一大跳。

那位女性對目瞪口呆的我說：

「歡迎，你是小鳩吧？」

我不是想拍馬屁，我真的打從心底認為這人是小佐內同學的姊姊。但我知道小佐內同學是獨生女，這麼說來……

「啊，初次見面，我是小鳩。呃，請問妳是小佐內同學的……？」

她溫柔地微笑著說：

「我是她媽媽。」

原來如此。小佐內同學之所以看起來比實際年紀更小，簡直像個小學生，原來是遺傳到媽媽的特色。在我眼前的女性就是這麼年輕，完全看不出已經有個高二的女兒。雖然她還不至於像高中生，不過若是打扮得宜，扮成大學生鐵定沒問題的。

不過，小佐內同學完全沒有遺傳到母親的溫暖笑容，她的笑容一點都不暖。

我微微地鞠躬。

「妳好……那個，小佐內同學，由紀她在家嗎？」

「不好意思。」

她摸著自己的臉頰。

「那孩子出門了。對不起喔，我想她應該很快就會回來了。」

「出門了？」

明明是她自己跟我約這個時間的……或許她突然有什麼急事吧。有時就是會遇到這種情況。我要改天再來嗎？還是直接去三夜街找她？我正在思索時，小佐內同學的媽媽就完全拉開大門。

「由紀說過，如果你來了就請你進來等。家裡亂得很，請別介意，進來吧。」

「呃，可是我……」

「快請進吧。」

既然小佐內同學請媽媽轉告我等她，那她應該很快就會回來了吧。我覺得有些不自在，但堅持拒絕不是小市民該做的事。我囁囁地說著「是」、「謝謝」之類的話，走進屋內。

我被帶到了客廳。

室內冷氣開得很強，室外的悶熱和我內心的不自在頓時一掃而空。環境果然很重要，光是涼快一點就能讓人心胸變得開闊。

小佐內媽媽在門口說過家裡亂得很，果不其然，完全不是這麼一回事。或許其他地方比較亂吧，至少客廳是乾乾淨淨的。其實客廳裡根本沒什麼東西，所以也無從亂起。不過小佐內媽媽請我在坐墊上坐下，笑容滿面地端出冰涼的麥茶，感覺跟以前來她家的情況很不一樣。我一直覺得小佐內同學的家裡太乾淨了，看起來不像住家，還比較像旅館，但今天完全不這麼覺得。我一邊喝著麥茶，突然覺得看起來不像有人住的理由或許不是因為這個房間太乾淨，而是因為小佐內同學，她給人的感覺太疏離了。

說起來其實我也一樣，我們之所以想要成為小市民，就是為了矯正這種情況。

小佐內媽媽端出了一盤米果，我態度莊重地道謝，正經地跪坐在矮桌前。

「感謝你一直關照由紀。」

小佐內媽媽向我低頭致謝，我也客氣地回答「她也關照我很多」。不過……

「……」

總覺得她好像在打量我。該怎麼說呢？她的笑容之中隱約透露出一股緊張感，雖然她沒有明顯地凝視我，但我感覺她的視線格外專注，彷彿連我拿起杯子放下杯子的動作都看得目不轉睛。

我也客氣地掛著笑容，一邊思索，很快就想到了理由。喔喔，對耶，她當然會在意我，沒錯沒錯，我是纏著她可愛獨生女的蒼蠅，她當然要仔細觀察。彷彿在證實我的猜測，她如此說道：

「太好了，你看起來挺乖巧的。」

承蒙她不嫌棄，真是令我甚感光榮，不過她似乎誤會了我和小佐內同學的關係。當然我們是故意讓人誤會的，這樣在學校裡可以得到極佳的保護效果，不過連家人都誤會可就糟了。

小佐內媽媽沒有發現我的擔憂，繼續說道：

「由紀那孩子太文靜了，我一直很擔心她在學校裡過得不順利。因為我們夫妻倆都有工作，沒什麼機會問她……」

「沒問題的。」

我安慰似地說道。

「她有很多朋友。她的個性很開朗，大家都喜歡她。」

這話說得有些誇大，但並不是謊話。小佐內同學在學校一向和人相安無事，我沒聽過有人討厭她。雖然她朋友很多，但沒有一個會在暑假約出來玩，這點我也一樣。

「這樣啊。由紀這個暑假經常在晚上講電話，我想她一定交到了好朋友，放心了不少……不過沒想到她交到的是男性朋友，我有些意外。」

小佐內媽媽露出安心的表情。我沒有聽小佐內同學提過家裡的事，在這種情況下聽到她的事，令我覺得有些尷尬。

我看看手錶。

「……請問妳知道小佐內同學去哪裡了嗎？」

「這個嘛……」

她摸著自己的額頭。

「她不到中午就出門了，說是要去買東西，應該很快就會回來吧……真的很對不起，那孩子到底在做什麼啊？」

我大驚失色。

「不到中午……」

我們約好的時間是一點，不到中午就出門，最晚應該在十二點將近的時候，事實上應該更早，這麼說來她已經出門超過一個小時了。

太奇怪了。說是要買東西，但我們明明已經約好要去鬧區，如果她有東西要買，大可等到跟我出去的時候再順便去買。小佐內同學又不是臉皮那麼薄的人。

既然要事先出門買東西，小佐內同學應該真的只是去附近買個東西。因為距離不遠，很快就能買回來，所以她才會在我們約好的時間不久前跑出去買。不過，超過一個小時還沒回來就不太合理了。

我歸納這些推測，做出了一個結論。

小佐內同學要買的東西並不在家附近，但她不好意思跟我一起去買。

……我是想得到幾種可能性啦。罷了，她應該就快回來了。雖然尷尬，我還是努力擠出笑容。至少小佐內媽媽還沒問我「你和我的女兒是什麼關係！」，我也不需要這麼緊張。

之後我們繼續在客廳裡聊些無關緊要的話題。小佐內媽媽似乎很怕冷場，不斷找話跟我聊，而我也圓滑地對應。她問的大致上都是小佐內同學在學校裡的言行舉止，沒什麼特別有意思的。如果她問我小佐內同學國中時代的事，我倒是知道一些很有意思的事，但我也不會說出來就是了。

不知道過了多久之後，電話響了起來。

我還以為是手機，結果是客廳裡的室內電話。此時我們正聊到小佐內同學級任導師的事。

「哎呀，不好意思，我接個電話。」

小佐內媽媽起身走到電視旁邊，接起電話。

「你好，這裡是小佐內家。」

我喘了一口氣，喝乾剩下的麥茶。看看手錶，已經超過一點半了。我該傳訊息給小佐內同學嗎？

我拿出了手機。

就在此時。

我聽到了一聲尖銳的呼喊。

「你是誰！」

小佐內媽媽緊握話筒，表情僵硬，剛才一直掛在她臉上的客套笑容已經不見了。她那不尋常的表現讓我不禁停止動作。

她質問對方之後就沒再說話了，似乎很專心地聽電話另一頭的人說話。我豎耳傾聽，但是只聽到了冷氣機的聲音。

之後她再度大喊：

「等一下！讓我跟那孩子說幾句話！」

對方似乎沒有回應。她慢慢地放下話筒。

情況不太尋常。我謹慎地問道：

「發生什麼事了？」

「那孩子……由紀她……」

她的聲音軟弱無力，但還不至於失了分寸。之後她又拿起話筒，用快速播號撥打電話。

十秒，二十秒……四十秒，五十秒。電話響了很久，但對方一直沒有接聽。最後她死心地放下話筒，此時才愕然地發現我的存在。

「小佐內同學怎麼了？」

她雖然極力保持鎮定，但回答的語氣之中還是摻雜著驚慌。

「一定是惡作劇，這種惡作劇太過分了……對方說，他們抓了由紀，要付給他們五百萬圓，由紀才能平安回來。那人的聲音很奇怪，好像是透過機器發出來的。」

要付錢才能讓小佐內同學回來？

也就是說，是那麼一回事？

我的語氣也尖銳到有些丟臉。

「也就是說……小佐內同學被綁架了？」

我停頓了很久，彷彿覺得綁架一詞很沒有實在感。

不過，事實應該就是這樣吧。小佐內媽媽對我點點頭，視線在客廳之中游移，回答道：

「是的……就是這樣。由紀被綁架了……」

——計畫在八月十九日中午十二點五十分開始進行。根據川俣提供的情報，石和等三人埋伏在木良市本吉町三夜街，其中一人發現了小佐內由紀。三人一擁而上包圍了小佐內，把她帶到巷子裡，對她惡言相向，然後揪著她到站前的停車場，把她塞進車子裡帶走。

這段期間，小佐內一直很害怕似地縮著身體，答話答得牛頭不對馬嘴。她被推上車時很激烈地抵抗，被石和揍過之後就放棄掙扎了。

這天要舉行「三夜街週年慶」，所以鬧區有交通管制，雖然路人很多，卻沒有人來幫助她。各個路口都有警察在指揮交通，卻沒有一個人察覺到異狀。

3

聯絡不上小佐內同學，還有人打電話來要求贖金。小佐內媽媽的處置非常妥當，她先打電話給丈夫說了有人聲稱綁架了他們的女兒，接著打電話給警察。這是我第一次看到人家撥打一一〇，因為我以前打電話報警時撥的是警察局的電話號碼。

「對方打電話來說我女兒給他們添了麻煩，所以把她抓走了，如果想要她平安回來就準備五百萬圓。是的，我試過了，但是聯絡不上女兒。」

之後我就被趕出去了。其實就算人家沒有趕我走，我也不方便一直待在女兒遭人綁架的家裡。

綁架。

綁架的方式包含誘騙或強拉，小佐內同學不像是會被騙的那種人，所以對方應該使用了暴力……也就是強迫擄人。

這種事一點都不重要。

綁架？

小佐內同學被人綁架？怎麼會呢？

第一個浮現在我腦海裡的念頭就是「這是真的嗎？」，說不定只是隨口胡謅，想要向小佐內家騙錢之類的。如果真是這樣，這詐欺手法也太拙劣了，家屬第一時間就報警處理了，可是還沒確認小佐內同學是不是被綁走之前都還說不準……當然，我希望這不是真的。

如果小佐內同學是真的被綁架，我很擔心她是否平安無事。大家都知道，擄人勒索經常會演變成悲劇。別說了，真是烏鴉嘴！

此外，在我心中占據了最大位置的感覺是不真實和恐懼。

「小佐內同學……」

從公寓三樓搭電梯下樓時，我捏捏自己的大腿，確實會痛，不過可能是因為電梯下降的感覺，讓我有些站不穩。

我和小佐內同學都遇過很多麻煩。我們心心念念想要成為的小市民是不想惹麻煩的，所以我們每次都是「被捲入的」，而且那些幾乎全是沒有人身危險、無傷大雅的麻煩。

我們都因與生俱來的性格而容易惹上麻煩，但我們一直很小心地避開真正的麻煩，那是我們在國中時代各自吃了不少苦頭而學到的保身哲學。這將近一年的高中生活，我們過得還算和平。

但是，這次的事一點都不像小市民會遇到的事。綁架一點都不和平。這不像健吾留下的「半」紙條是解決不了也無所謂的輕鬆事件，也不像我和小佐內同學藉著夏洛特蛋糕而交手的鬥智遊戲。這麼現實的事件反而讓我覺得不真實，感受到無法言喻的恐懼。

……還不只是這樣。很遺憾，聽到小佐內由紀被綁架時，我小鳩常悟朗感覺到的還不只是這樣。

「……」

在電梯之中，我按著控制面板，我喃喃埋怨道：

「搞什麼，我到底有多麼……」

懷疑、不安、不真實。沒錯，我確實有這些感覺，這是很自然的，但是在這些情緒底下，我還感受到一種不祥的衝動。

我因擁有這種衝動而感到羞恥，喃喃說著：

「這又不是測試智慧的機會……小佐內同學都被綁架了耶！」

我的情緒非常亢奮。

這種事情是很難遇上的。我向來對自己的智慧感到自傲、自認比誰都能更快找到「真相」，這種局面對我來說是難得的好機會。有棋藝也要棋逢敵手才得以發揮，想要測試自己的才能，就得要有適當的舞臺和題目，我長久以來都遇不到這種好機會，但是這麼棒的機會絕對足以彌補我先前的無聊。綁架太棒了！

簡單說，我確實是這樣想的。就是因為有這種想法，我才會傷害別人、令人感到不愉快，也讓自己受到打擊，所以我才會決定收斂自己的光芒，立志當個「小市民」。

……話雖如此，我現在依然有著那種想法。

電梯門打開，我走出公寓，在覆蓋著厚重雲層的天空底下，令人不悅的熱氣包圍了我。

這和小佐內同學遭遇危險的事比起來根本微不足道，但還是讓我覺得比較釋然，因為我對她的事完全無能無力。我最擅長的就是從記憶中挖出蛛絲馬跡的線索，再整理歸納出結論，但若沒有任何線索，我就沒辦法了。

不對，其實有兩三個地方令我感到不太對勁，但是就算深究下去也不能讓小佐內同學平安回來。她的家人已經報警了，無論我是不是小市民，這件事都輪不到我插手。

做出這個結論以後，我才有辦法真心祈求小佐內同學平安無事。小佐內由紀，從外表看不出是高二學生，我無可取代的朋友。為什麼她會遇上這種事？雖然我不確定她是不是真的遭到綁架，但還是祈求上天保祐她平安歸來。雖然我什麼都做不到……

就算什麼都不能做，我至少可以幫忙去買她一直很期待的焦糖蘋果，等她回來以後再拿給她。

我這麼想著，準備跨上腳踏車。

此時我的手機響了起來。我收到了訊息，寄件人是……小佐內同學！

我驚愕地打開手機，迅速地操作按鍵，開啟訊息。

裡面的字句令我看得目瞪口呆。

小佐內同學傳來的訊息是這麼寫的：

『對不起。請幫我買四個焦糖蘋果和一個法式可麗露。對不起。』

——小佐內由紀被拉進了組織成員之一的北条智子跟父親借用的普通小客車。北条沒有駕照，但她常常借用父親的車無照駕駛，她父親也知道，卻默許了她的行為。

車子是五人座，北条坐在駕駛座，後座坐了三個人。小佐內被夾在中間，左右兩邊的人還繼續動手動腳地恐嚇她。

當天小佐內穿的是深藍色的喇叭裙和白色扣領襯衫，手上沒有包包之類的東西。

綁架集團對小佐內表現出強烈的敵意，但在車上並沒有對她做出太過度的行為。石和不斷說要宰了小佐內，但那只是尋常的謾罵，應該沒辦法靠這一點判定石和真的對她懷有殺意。

小佐內沒有明顯的抵抗行為，只是一直低著頭。她聽到石和痛罵的時候會簡短地回答「不是的」、「對不起」之類的話，除此之外都沒有開口。

此外，石和在車上拚命抱怨川俣早苗沒有參與這次行動的事。

車子在二十分鐘後到達了目的地。

4

我一收到訊息，就立刻打電話給小佐內同學，我屏息等著她的回應。

但我聽到的語音無情地宣告著小佐內同學的手機沒有開機。照這樣看來，小佐內同學傳出那封訊息之後就立刻關機了，當然，也有可能是去了收不到訊號的地方。

又或許不是她自己關機，而是其他人關掉了她的手機。

我按下停止鍵，放棄撥打電話。接著再次打開訊息。小佐內同學想用這封訊息告訴我什麼呢？

她真的要我去買焦糖蘋果和法式可麗露嗎？不，絕對不是。我們原先約好要一起去買焦糖蘋果，如果她想改變計畫，應該會指定某個地方叫我過去。此外，我對法式可麗露一詞沒什麼印象，這應該是某種甜點的名稱，小佐內同學明知我對甜點不熟悉還說出這個名稱，一定是在暗示什麼。

如果這封訊息不是真的叫我去跑腿，那是什麼意思呢？

我喃喃地說：

「……是求救訊號。」

看在別人的眼裡，這封訊息不過就是請人幫忙買東西，但我知道事情沒這麼簡單。換個說法吧，小佐內同學被綁架後瞞著綁架犯送出了這封訊息，就算對方後來發現了這訊息，也看不出來她在求救。不過我是看得出來的。

剛才在電梯中的煩悶一下子全都消失了。這跟我是不是小市民無關，只要解開這封訊息就能救出小佐內同學，那我還有什麼好猶豫的？

我開始思考。只花了兩三秒。

如果這是求救訊號，那我該做什麼呢？說得更具體點，我該把這封訊息交給警方嗎？

不，我不認為這是正確答案。我不知道警方碰到綁架案時會怎麼處理，如果他們重視這封訊息、認真聽我說，那當然是最好，否則就只是在浪費時間。正確的做法應該是靠著這封訊息找出小佐內同學再去報警。當然，如果綁架犯沒有派人看守她，我大可直接把她救出來，但我最好不要把事情想得太簡單。

那我應該立刻行動嗎？

這也不是正確答案。對方或許不只一個人，若是起了衝突，不只是自尋死路，連小佐內同學都會有危險。為了在危急之際有人可以求助，我有必要再找一個人。

那我該找誰來呢？……想都不用想，過著和平校園生活的我確實有很多朋友，但是這種麻煩的請求只能找那個人。當然，我很不想找他，雖然不情願，但我沒有其他選擇了。

我操作著手機。現在沒時間再悠哉地打字，所以我直接撥打電話。聯絡人的名字是「健吾」。還好我有記下他的號碼。

值得慶幸的是，堂島健吾立刻接聽了。

『……幹麼？』

「啊，健吾？如果你現在沒事，可以立刻過來嗎？」

『我有事。』

「就算有事也請你立刻過來。」

他的聲音本來就是一副不高興的樣子，如今變得更暴躁。

『別開玩笑了。』

突然被人叫出去想必很不愉快，雖然他昨天也是這樣對我的。我沒時間慢條斯理地解釋了，所以我直接了當地說：

「小佐內同學被綁架了，凶手打電話到她家要求贖金。之後小佐內同學傳訊息給我，我要先找出她的位置再報警。一個人去太危險了，拜託你，幫個忙吧。」

『……啊？』

健吾愕然地叫道，像是聽不懂我在說什麼。他有這種反應很正常。

「我不是在開玩笑，是真的。小佐內同學的媽媽接到了恐嚇電話，警察正在趕往小佐內同學的家。能破解小佐內同學訊息的只有我，但我不能獨自行動，太危險了。」

短暫的沉默。

健吾剛才語氣中的怒氣全消失了。他很平靜地問道：

『你沒有其他人可以拜託嗎？』

……我可是決心當小市民的人耶。

在我努力成為小市民的期間所交到的朋友都沒多少交情，只有知道我是「狐狸」的健吾值得讓我這隻「狐狸」信任。這真是太諷刺了，但我笑不出來。我立刻回答：

「沒有。」

健吾也立刻回答：

『我知道了。約在哪裡？』

「我家。我得先回去一趟。」

『我十分鐘後到。』

「不用太趕，我再快也要十五分鐘才能到家。」

我關上手機，跨上腳踏車。

我離開公寓時，正好有一輛平凡無奇的廂型車開進來。擦身而過時，我看到車裡坐滿了人。

我估算時間，回家確實得花十五分鐘，但是因為我全力衝刺，只花了十分鐘就到家了，健吾還沒來。

我家是用舊房子改建的獨棟建築。我衝進位於加蓋二樓的房間，拿出地圖。這不是普通的地圖，而是《小佐內精選甜點・夏季篇》的地圖。我在玄關把地圖攤開來，包含了整個木良市的地圖到處都標了紅點，那些都是小佐內同學推薦的店家。此時健吾也抵達了。

健吾穿著發皺的牛仔褲和看起來很居家的破T恤，我以為他是匆忙趕來的，但他好像一點都不喘，不像平時缺乏鍛鍊的我直到現在心臟還在怦怦跳。

「我來了，常悟朗。」

「感激不盡。」

我簡短地道謝，然後指著地圖說：

「簡單解釋，知道這張地圖的只有我和小佐內同學。上面標出了本市的甜點店，這是小佐內同學自己做的。此外，這是小佐內同學傳給我的訊息。」

我把手機拿給他看。

『對不起。請幫我買四個焦糖蘋果和一個法式可麗露。對不起。』

我本來以為健吾只會覺得這是叫我幫忙跑腿的訊息，沒想到他一看完就立刻說：

「一個法式可麗露？」

「……有什麼不對的？」

「據我所知，法式可麗露的大小跟司康餅差不多，怎麼會只買一個呢？」

我不明白為什麼健吾會知道這種甜點的名字。雖然常識不如健吾讓我很不甘心，但我現在沒那種閒工夫了。

「原來如此，所以這封訊息就更不可能是叫我去跑腿了。健吾，你看，賣『焦糖蘋果』的店家在這裡。」

我把甜點排行榜的清單放在地圖上。賣焦糖蘋果的店家是「村松屋」，位於三夜街。

「因為法式可麗露而登上排行榜的店家是……」

法式可麗露在小佐內同學的清單上沒有被列入前十名，不過十名以外的甜點也有詳細記錄。因法式可麗露特別美味而被列入記錄的店家是……

「是『lemon seed』。健吾，幫我找出『lemon seed』。」

健吾不發一語地和我一起盯著地圖。小佐內同學標記的店家散落在各處，連郊外住宅區的咖啡廳都包含在內，總共有三十間。

沒過多久，健吾就指著地圖說：

「找到了。在這裡。」

「lemon seed」位於「村松屋」的西南方，距離還挺遠的。現在已經知道店家的位置，之後就省事多了。我笑了一笑。

「以前小佐內同學給我出過謎題。問題很簡單，她說了兩間店，叫我去中間的店家。簡單得很，她指定的店家就在那兩間店的正中央。小佐內同學應該也記得這件事。」

「原來如此。不過……」

健吾隨即指著「村松屋」和「lemon seed」中間的位置。

「根據你說的方法，應該就在這裡吧？」

位於兩間店正中央的是一間大賣場，那裡隨時都擠滿人潮，不像是用來監禁人的地方。

「這樣啊……我拿一下工具。」

我跑上樓，從自己的房間裡拿來直尺和原子筆，在兩間店之間畫了一條直線。這條線橫跨了幾條馬路，甚至包括鐵路。我連量都不用量，這兩間店的正中央確實是大賣場。

「是這裡嗎？」

「不……我想應該不是。」

「那會是哪裡？就算知道是在這條線上，也無從找起啊。」

我咬著嘴脣。是我想錯了嗎？還是小佐內同學想告訴我對方經過「村松屋」和「lemon seed」把她帶到其他地方去了？如果知道凶手的移動路線，的確能給警方提供助力。真的是這樣嗎？

我又叫出了小佐內同學的訊息。四個焦糖蘋果，一個法式可麗露。這一定是在暗指「村松屋」和「lemon seed」。

不對，這封訊息裡隱藏的資訊不只是這樣。

「……你剛才說，法式可麗露不可能只買一個？」

「是我的話就不會。但我不敢保證別人也會這樣想……」

不管怎麼說，她特地指定數量一定有什麼用意。如果關鍵只在甜點的名稱，她根本不需要寫出數量。

這應該不是太複雜的謎題。如果這是小佐內同學的求救信號，她一定會想一個我能立刻破解的謎題。如果發出求救信號，卻因為花太多時間破解而趕不上，那只是白費心機。

四個焦糖蘋果，一個法式可麗露。如果這數字有什麼意義……

「……試試看吧。」

我把直尺放在地圖上，將兩間店之間的直線分成五段。

「四比一，從『村松屋』走四段，『lemon seed』走一段，大概在這裡。」

我指著某個地點，不過這方法好像也不對，因為我指著的地方寫著市立南部體育館。

「不可能在市立體育館吧……」

健吾一看卻變了臉色。

「不！常悟朗，你不知道嗎？」

「知道什麼？」

「南部體育館正在改建，現在禁止一般人進入，正在等待拆除。」

原來如此。

「那像是綁架犯會用來當作據點的地方嗎？」

「嗯嗯……是啊……」

健吾摸著下巴思索。

「那裡是一個巨大的廢墟，我也聽別人說過，有些不太正經的人會在那裡出入。照這樣看來，那並不是非常隱蔽的地方。不過體育館裡有很多附屬的建築物，就算不是最適合的地點，市區裡面也找不到更好的地方了。」

也就是說，有一試的價值了。我站了起來，摺起地圖，穿上鞋子。

「去到那裡要多久？」

「……二十分鐘。」

「好，走吧。」

我衝出家門。為了慎重起見，我又打了一次小佐內同學的手機，果不其然，她還是沒有開機。

這情形一點都不尋常。簡直可以當成笑話來看。

在無風且隨時會下雨的厚重雲層下，在散發著全球暖化的詛咒般的惱人熱氣中，我為了救出被綁架的女孩而奔走。交通工具是腳踏車。我帶著一個身穿家居服的魁梧男生死命踩踏板的模樣鐵定很可笑。既然是要拯救公主，真希望自己能更帥氣一點。

我和健吾衝出住宅區，咬著牙等待漫長的紅燈，穿越環外道路，以幾乎飛起的衝勁越過陸橋，有時讓路人心驚膽戰地騎在人行道上，有時被身邊掠過的卡車嚇得心驚膽戰地騎在馬路上。

由於齒輪比的緣故，騎腳踏車並不是越用力就能騎得越快。雖然我心中焦急不已，因為速度有上限，所以還不至於騎到脫力，只是不適指數高漲的熱氣令人難以忍耐。我的脖子手臂和雙腳都濕淋淋的，但我分不清那是自己的汗水還是空氣中的濕氣。一開始是我騎在前面，但進入市區之後我就讓健吾先走。我知道南部體育館在哪裡，但我對具體的路線沒什麼把握，健吾對市內的道路應該比較熟悉。

我們經過了位於「村松屋」和「lemon seed」中點的大賣場，離目的地應該不遠了，但前方的號誌變成了紅燈。我按下煞車降低速度。我一路騎到這裡都是全速奔馳，所以已經喘得上氣不接下氣了。

健吾看起來倒是一點都不累，但他的額頭上還是浮現出汗水。他盯著交通號誌，用不悅的語氣說：

「我記得去年也發生過類似的事。」

「……什麼事？」

「你說小佐內有危險，拉著我拚命趕去。」

喔喔。

「你是說『草莓塔事件』啊。」

「啊？什麼事件？」

「呃，沒什麼，那是我們的說法。」

小佐內同學很堅持把那件事稱為「春季限定草莓塔事件」。我提起那件事時只會簡單地稱之為「腳踏車的事」，不過她老是逼我說「草莓塔事件」。其實我們也不會經常提起那件事。

號誌還沒有轉變。這條路雖是狹窄的雙線道，但是因為靠近大賣場，所以交通流量很大，非得等綠燈亮了才過得去。

「那次真是給你添了不少麻煩，後來也沒有彌補你，讓我有些過意不去。」

「無所謂啦。不過小佐內這個人……那個……」

他欲言又止，但我大概猜得到他想說什麼。他一定想問「小佐內由紀經常發生這種事嗎」。此外，我也大概猜得到他欲言又止的理由。「草莓塔事件」就先不說了，她在這次的事件裡完全是受害者，並不是因為她是「狼」才被綁架的。

「總之現在得先找到小佐內同學，有什麼話等到事情解決再說吧。」

其實我現在除了等綠燈之外也沒其他事可做，但就算只是短暫閒聊我也沒有心情。我看看手錶，從我家出發至今已經過了將近二十分鐘，小佐內家接到要求贖金的電話差不多是五十分鐘前的事了。小佐內由紀的贖金是五百萬圓。只要付了這筆錢就能讓小佐內同學平安歸來，不過只有她的家人能做決定。

「……」

五百萬圓……

「常悟朗。」

聽到自己的名字，我猛然抬頭，看到綠燈已經亮了。我踩下踏板，一輛汽車趕在號誌轉變的瞬間猛然右轉，擦過我腳踏車的前端。

「要死也別拖別人下水，混帳！」

簡短地咒罵之後，我還是只能繼續跟著健吾奔馳。

南部體育館是前方附有一座寬敞停車場的大規模體育設施，裡面不只有體育館，後方還附設了網球場、手球場、弓道場。我現在看到招牌才知道這些事。

聽說體育館是因為老舊才需要改建，如今我隔著停車場望去，那棟建築物確實帶著一種寂寥的氣氛，不知道是因為建築風格還是因為太過老舊。這裡不知道已經停止使用多久了，健吾說這是個「巨大的廢墟」，看來的確是這樣，從遠處望去都能看到玻璃門上的髒汙，樹木也自由地伸長了枝枒。

入口處有橘色的柵欄擋住，腳踏車進不去，只能停在外面，但這樣太顯眼了。

「能不能從後面繞過去呢？」

「的確有後門……不過我有更好的方法。」

健吾帶著我離開體育館，我們繞到了另一側，經過細細的小巷，來到一個小公園。公園和隔壁的體育館之間隔著半個人高的柵欄。

「原來如此。」

還好我找了健吾一起來。

我們把腳踏車停在大象形狀的溜滑梯後面，然後翻過柵欄，走到立方體形狀的體育館的斜後方。

髒到變成灰色的牆壁上嵌著一扇生鏽的大鐵門。

「健吾，那扇門……」

「那是用來搬運器材的吧，應該會通往後臺。」

「打得開嗎？」

「試試看就知道了。不過你看那邊。」

健吾低聲說道，指著一間像倉庫一樣的建築物。不過，健吾指著的是建築物後面露出一小截的車子。

我們一邊注意著四周，朝車子小跑步過去。

那是一輛廂型車。像是近期才剛洗過、乾乾淨淨的奶油色廂型車。既然車子不髒，就表示這輛車並不是被丟在這裡的廢棄車輛，而是有人在用的。

「後門封閉了嗎？」

「這我就不知道了。」

就算後門「封閉」了，如果只是在移動柱子之間綁上塑膠繩或鎖鍊，也攔不住想要進去的人。其實正門的「封鎖」也不甚嚴密，所以這輛廂型車能開進來也不奇怪。

我從車窗往內窺視。我想試試看能不能打開車門，便拿出手帕，包在手上，結果發現打不開。後座的中央有一張小小的包裝紙。

「那是……」

「怎麼了，常悟朗？」

我指著包裝紙說：

「我看不清楚，那好像是棒棒糖的包裝紙。」

「棒棒糖？」

他連法式可麗露都知道，為什麼會不知道棒棒糖？

「就是連著小棒子的糖果……小佐內同學偶爾會吃的。」

健吾皺起眉頭。

「難道她是被人家用糖果拐來的嗎？」

我的腦海中頓時浮現出一位陌生大叔把棒棒糖遞給小佐內同學的畫面。小妹妹，過來，給妳糖果喔。小佐內同學鐵定會拒絕的。不用了，我自己有。那給妳吉百利巧克力。太棒了！我跟你走！

「……不要在危急關頭開這種無聊的玩笑。」

健吾尷尬地抓抓頭。

「抱歉。你確定這是小佐內同學的嗎？」

「很難說。」

我也看了看前座。駕駛座沒有異樣，汽車音響上附有導航系統，看起來挺豪華的。健吾拿出手機，拍下車牌號碼。我是不是也該換一支有照相功能的手機呢？

副駕駛座很雜亂，椅子上丟著一個便利商店塑膠袋，裡面塞滿了空寶特瓶、口香糖包裝紙之類的東西。此外還有……白色的、和拳頭差不多大小、類似無線電對講機的東西。無線電對講機？我不常看到這種東西。此外，上面並沒有天線。我想到了另一種可能性，但我無法確定。

「……健吾，那個是無線電對講機嗎？」

「嗯？」

正在操作手機的健吾靠了過來，望向我指著的東西。

「應該不是吧。」

「那會是什麼？」

「我看過類似的東西……但我不太確定。」

健吾先如此解釋，然後轉頭看著我。

「可能是變聲器。」

我也這麼想。我沒有跟健吾說過，打電話到小佐內家的人也用了變聲器。

好啦，小佐內同學用訊息暗示的地點有一輛使用中的車子停在封鎖的地方，車上放著小佐內同學常吃的棒棒糖的包裝紙，還有一個類似變聲器的機器。

健吾說：

「要報警嗎？」

雖然我覺得線索已經很齊全了……但目前找到的都只是狀況證據。

「先確定小佐內同學在這裡吧。為了慎重起見。」

健吾正要走出去，我又說道：

「還有……如果副駕駛座是空著的，而小佐內同學坐在後座，綁架犯應該不只一人，最少有兩個人，我想很可能是三個人。要小心一點。」

我們壓低聲息，姑且先從體育館的主建築開始調查。

背上滴落的汗水大概不只是因為這天的炎熱。

——石和等人把小佐內由紀帶到組織以前用過的場所，把小佐內的雙手綁在鐵管椅上。

監禁地點有兩個沒有直接參加綁架的成員留守，圍繞著小佐內的共有五人。五人都是女的，不過好像並非每個人都同意綁架監禁小佐內。留守的兩人之中有一人明顯地對小佐內表示同情，還軟弱地表示不贊成綁住小佐內，但石和又開始痛罵沒有到場的川俣，有幾個人也跟著粗聲地附和，所以那個人不敢再冒著生命危險繼續袒護小佐內。

組織成員先質問小佐內是不是和以前他們遭遇過的麻煩有關，小佐內顧左右而言他，不過大致上還是持否認態度，可惜這是一場事前就已決定結果的審判。石和等人認定她在說謊，非常生氣，話雖如此，她若是承認，鐵定馬上就會被處以私刑。小佐內的話越來越少，也越來越小聲。

石和對小佐內拖泥帶水的態度很不高興，伸手戳她的肩膀和臉頰，小佐內十分驚恐，更堅定地否認自己和那些事有關。接著石和揍了小佐內的腹部，她痛到喘不過氣，好一陣子都只能用點頭搖頭來回話。

如果再讓石和繼續施暴，個性易怒的她恐怕出手會越來越重。贊成綁架的成員也不支持太嚴重的暴力行為，但她們又怕阻止石和反而會讓自己變成箭靶。現場的氣氛變得更緊張了。

這時北条提議說，烙印應該會讓她乖一點，石和接受了。用香菸燙傷對方不會造成一生難以磨滅的傷痕，也不會帶來嚴重的後果。組織中的其他成員也贊成了北条的提議。石和拿出香菸，北条幫她點了火。石和把點燃的香菸貼近小佐內的眼睛，出言恐嚇之後，開始商量要燙傷小佐內身上的什麼地方。

5

我們調查了體育館的器材搬運入口、腳邊的採光窗、事務所和廁所的窗戶，當然也包括正門，但是沒有門窗是打開的，也沒有窗戶是破掉的。這個地方還有很多其他建築物，光是要監禁小佐內同學的話，網球場附設的小器材室就很夠用了。分頭進行或許比較有效率，但是這麼一來我搬救兵就沒意義了。我開始思考這些事時正好看到樓梯，一座沿著體育館外牆往上延伸的樓梯。

「這樓梯……」

「應該是通往二樓走道的。」

我們當然也調查了樓梯。樓梯入口雖然拴著鐵鍊，但還是跨得過去。我爬到半樓的高度時就蹲下來。

「怎麼了？」

「有棒棒糖的包裝紙……」

順帶一提，那是可樂口味的。

我打開了整齊對折兩次的包裝紙，摸摸內側。

「……還是黏的。」

我和健吾互望一眼，兩人一起快步爬上樓梯。出口處有一扇鐵門。我們根本不用試著去推。這些綁架犯還真粗心，門稍微開了一條縫。

我摸著門把，用眼神向健吾示意。

健吾輕輕點頭，我便推開鐵門。

我們盡量壓低身子，悄悄潛入了體育館。

跟健吾說的一樣，樓梯確實通往二樓走道。老舊的籃球框掛在下方。外面的光線從骯髒的玻璃窗照進來，但外面是一面灰濛濛的天空。等著拆除的體育館裡充滿了陰沉的氣氛，室內瀰漫著熱氣，混濁的空氣帶著塵埃的味道。我差點忍不住打噴嚏，連忙摀住鼻子。

我怕欄杆不牢靠，所以和欄杆保持距離，伸長脖子偷窺一樓的情況。看不到人影，但是……

「常悟朗……」

健吾正想叫我，我立刻抬手制止他。

聽到了。有人聲。高亢的聲音。像是在呼喊，又像是在吼叫。或者是……慘叫？

「……聽到了嗎？」

「嗯。是女生的聲音嗎？」

是小佐內同學嗎……不，還不能確定。從這麼遠的距離很難聽出那是誰的聲音。

「怎麼辦？」

「都來到這裡了，我們得先看到小佐內同學才能報警。我走前面，你負責盯著後方。」

我從積滿灰塵的走道慢慢朝聲音傳來的方向走去。我躡手躡腳、但還是用小跑步前進。

在體育館前半部、位於入口大廳正上方之處有一間用側滑鐵門隔開的房間，掛在門邊的塑膠牌寫著「武道場」。聲音就是從這裡傳出來的。我靠近一聽才發現，那不是慘叫，而是唾罵。

「少騙人了，一定是妳幹的吧！說話啊，妳看不起我嗎！」

我被這粗暴的聲音嚇得膽戰心驚，一邊貼近門板。我單膝跪地，健吾從上方探頭窺視，然後我們抓住鐵門，我往右邊，健吾往左邊，輕輕地把門拉開。

寬敞的空間裡有一半鋪著榻榻米，另一半鋪著木地板。榻榻米應該是用來練柔道的。在榻榻米的那一邊有幾條人影。一個，兩個，三個，四個，五個。不斷破口大罵的女生前方有一張椅子，被綁在上面的人……是小佐內同學！

她穿著白襯衫和深藍裙子，看起來像是船戶高中的夏季制服。她坐在鐵管椅上，身上綑著白色塑膠繩。雖然她低著頭，看不清楚樣貌，但是看那妹妹頭和小學生般的嬌小體型，鐵定是小佐內同學沒錯。

綁架犯共有五人，似乎都是女生，而且都很年輕，頂多就是大學生，更有可能和我們一樣是高中生。看到這群人，我頓時明白了。

（果然……）

這並不是普通的綁架案。最可疑的就是贖金的數目，在這個年頭，綁架一個中上階級家庭的獨生女不可能只要求五百萬圓贖金。五百萬圓不是小數目，那確實是我從未見過的一大筆鉅款，但還不值得讓人犯下綁架的重罪。

風險和回報如此不平衡，唯一的解釋就是綁架犯的智商比我想像的低。此外，這宗綁架案不是出於一時的衝動或腦袋短路，而是本來就不把規則放在眼中、根本沒有意識到自己犯下重罪的人做出的行為。講得更直接點，這只是一群得意忘形的小太妹做出的行為。

不管綁架犯是怎樣的人，綁架就是綁架，小佐內同學還是有危險。我對健吾打了個暗號，然後離開房間，從走道回到室外，毫不猶豫地拿出手機。

我聯繫的對象是「小佐內由紀家」。鈴聲響起。三次，五次，十次……我開始等得不耐煩時，一個緊張的聲音回應了。

『你好，這裡是小佐內家。』

是女人的聲音。不知道是不是我太多心，這聲音和小佐內媽媽的聲音似乎有些不一樣。難道是警察接的嗎？或許是我想太多了。

「喂喂，是小佐內家嗎？我是剛才到府上拜訪過的小鳩。我找到由紀同學了。」

『咦！』

「她在南部體育館。已經關閉的南部體育館的二樓。綁架犯是五個女生，看起來像是高中生。警察在那邊嗎？」

『喂喂？』

對方沒有換人接聽，但聲音突然變得很嚴肅。

『你是誰？你剛剛說的是真的嗎？』

「我是小鳩，小鳩常悟朗，小佐內由紀的朋友。你可以向小佐內同學的媽媽求證。我想到一些可能性，所以跑出來找小佐內同學。小佐內同學現在被綁著，綁架犯都圍在她身邊。請快點過來。」

『是南部體育館沒錯吧？』

「是的。」

『好，我們五分鐘就到。』

「拜託你們了。」

掛斷。

我深深地吐了一口氣。

「……真、真緊張……」

剛才跟我講電話的絕對不是普通老百姓。我在國中的時候很愛多管閒事，也曾經打電話到警察局，但這是我第一次和疑似搜查官的人說話，不禁有點嚇到。如果剛才那個不是搜查官，真的是小佐內同學的媽媽，那她的變身功力真是不亞於小佐內同學。

總之，這件事等於已經解決了，剩下的處理工作只是遲早的問題。我輕輕地朝健吾鞠躬。

「這次多虧有你，健吾。現在已經沒事了。真是的，這次的事還真不是普通的嚴重。」

但是健吾沒有微笑，反而露出更嚴肅的表情，喃喃說道：

「常悟朗，你看到剛才在罵人的女生了吧。」

「嗯?是啊，看到了。」

「那個人就是石和，絕對錯不了。那是石和馳美。」

石和是……

我還沒想起來，健吾就先解釋說：

「你還記得川俣早苗吧，就是我之前想要幫忙的人。石和就是強迫川俣加入的那個組織的老大。」

我不禁大吃一驚。沒想到會在這時聽到那件事。

「真的嗎?」

健吾用力地點頭。我開始思索為什麼石和馳美要綁架小佐內同學，但我立刻想到一件更重要的事。

「那川俣早苗也在裡面囉?她是你女友的姊姊對吧?警察再過五分鐘就來了，她會被抓的!」

「川俣不是我的女友。不過你不用擔心這個，她今天沒來。更重要的是……」

健吾轉身，握住門把。

「我很擔心。我聽說石和是個瘋狂的傢伙，從剛才的情況看起來，我不知道她會對小佐內做出什麼事。回去吧。」

我沒有反對。

「好。」

我和健吾再次潛入體育館。

我們不像剛才那麼小心翼翼，幾乎是直接跑到武道場的門前，從剛剛打開一點的門縫中窺視房間裡的情況。

「……！」

還好我們回來了！

絕口不停大罵的石和用右手拇指和食指捏著香菸，小佐內同學後面還站著兩個女生，一個按住她的身體，另一個把她的右邊襯衫袖子拉起來。石和露出愉快的笑容。

「我真是個體貼的人呢，至少沒有選妳的臉。怎樣，開始覺得對不起我了吧？就算妳後悔了，我也不打算停手喔！」

點燃的香菸漸漸靠近小佐內同學白皙的右臂。那不只是恐嚇，她真的打算動手！

「走吧，常悟朗！」

健吾說道。用不著他開口，我已經把手按在門上……

「等一下！」

發出這聲大喊的是小佐內同學。她低俯的頭抬了起來，用銳利的視線盯著石和，嘴角浮現了微笑。

那是……冷酷的笑容……

我曾在國中時看過幾次，但是上了高中以後，只在「草莓塔事件」之中看過一次。不是嘲弄，也不是目中無人，而是隱含著愉悅的淺笑。

雖然小佐內同學還被綁著，但現在的她不是小市民……那是小佐內由紀狼性的一面。

聽到受害者突然開口大喊，石和訝異地停下動作。我和健吾也停了下來。小佐內同學慢條斯理地說著：

「石和同學，妳打了我耳光五次，搥了我的肩膀一次，手臂一次，特別痛的是心窩兩次，還踢了我的小腿兩次，想要踢小腿卻誤踢膝蓋一次，聽到我喊痛還繼續拉我頭髮一次。還有後面的人。北条同學，妳明知我逃不掉，卻提議把我綁起來。繩子綁得太緊，我的手指已經沒有感覺了。

不過，沒關係。雖然很痛，但是沒關係。我的嘴裡流血了，但是沒關係。我不會在意的，不用放在心上。

可是，如果被那東西燙到一定會留下疤痕。如果發生了那種事，會怎樣呢？妳們知道嗎？」

「啊？妳在說什麼？妳的腦袋沒問題吧？」

石和沒有被她嚇到，只是一臉鄙視地吸了一口菸。

小佐內同學像是在聊天氣似的，輕鬆地說道：

「如果發生了那種事，以後我每次看到疤痕都會想起來。石和同學，我會想起妳。」

她掃視了前方的三個人，然後回頭瞄了後方的兩人。

「還有，北条同學，上野同學，早田同學，林同學……我一定也忘不掉妳們的。」

有兩個人被叫到名字時明顯露出驚慌的態度。看來這群人之中並不是每個人都做好了綁架別人的心理準備。

石和把一口煙吹向小佐內同學。

「忘不掉？喔？那又怎樣？」

妳叫作石和是吧。小佐內同學多半不會說出後續的情況，但我可是清楚得很。如果妳在小佐內同學的身上留下烙印，她鐵定會一輩子記住妳的。

若是如此，妳的下場一定會很淒慘喔。

「妳是在小看我們嗎？被妳記住又怎樣？好啊，我就讓妳記得更清楚一點。換成脖子怎樣啊？」

石和再次舉起香菸。菸頭慢慢靠近。小佐內同學不由得扭動身體。在後面押著她的兩個女生似乎沒有太用力。小佐內同學的上身劇烈地左右搖晃，鐵管椅軋軋作響。

「別亂動！會燙到眼睛喔！真的燙到也好啦！」

才不好。

「給我住手，混帳傢伙！」

鐵門朝左右兩旁滑開，爆出一聲大吼。

是健吾。

糟糕，我慢了一步。我單膝跪在油氈地板上，抬頭仰望著剛剛推開門的健吾。小佐內同學把視線拉回前方，和我四目交接。

「……」

我無意識地抬手向她打招呼。

看到突然有人闖入，綁架犯都呆住了。我無可奈何，只好先開口說：

「再不收手的話，妳們的罪就更重了喔。」

唉，真失敗。我的發言何止不帥，根本是遜到不行。太老套了。難得有這機會，我應該說「現在還不遲，快點歸隊吧」才對嘛。（註2）

「你們是誰啊？」

2　一九三六年「二二六事件」之中戒嚴司令部鎮壓皇道派政變時的臺詞。

這種時候千萬不能說出我是小佐內同學的朋友，否則小佐內同學可能會被當成人質。所以我這麼回答：

「路過的。」

我怕健吾說出不該說的話，所以又指了指上方的健吾說：

「這傢伙也是。」

石和以及其他四人都轉頭看著我們。

「我們沒有在打架，快走吧。我們還有事要討論。」

「討論？」

健吾的語氣很凶狠。原來高中生堂島健吾會用這種語氣說話，我還是第一次聽到。

啪的一聲，健吾用右拳打了左手一記，說道：

「……不好笑。」

我也笑不出來。健吾，對方有五個人，我們只有兩個人耶……

——警方接到小佐內由紀的朋友小鳩常悟朗報案，立刻從距離最近的材木町派出所調派兩名警察趕往南部體育館。警察花了一些時間才進入封鎖的體育館，在接到報案的十一分鐘後到達現場。

報案者小鳩和他的朋友堂島健吾正在和綁架集團起衝突。石和馳美手上拿著刀子，所以立刻被警察制服。堂島的左手手指被刀子割傷，送醫急救之後，醫生診斷三天就能痊癒。還有人臉部被揍，但都只是輕傷。受害者小佐內由紀平安獲救。

直接進行綁架的三個人和協助監禁的兩人遭到逮捕。石和馳美有過濫用藥物的前科，這件事應該也會被列入斟酌。

警方起初懷疑過最快發現小佐內同學監禁地點的小鳩，因為受害者小佐內極力為小鳩說話，再加上小鳩的手機裡留有小佐內傳送的訊息，所以他很快就洗清了嫌疑。

小佐內當場被問了一些簡單的問題，不過考慮到她才剛受到驚嚇，所以正式的調查留到隔天才進行。小佐內聲稱可以自行回家，但警察認為送她回家是警方的職責，並沒有答應。

案件已經解決了。

6

起風了。

天空密布的烏雲終於逐漸散開，西邊的天空露出了藍天。

健吾被送進了醫院。任誰看了都會覺得那只是小傷，不過他是在警察面前受傷的，為了正式立案還是要有診斷書吧。不管怎麼說，他都是因為被我拉進來才受傷的，之後我得再找個機會好好地向他道謝才行。

小佐內同學搭警車離開了。首先是和家人重逢，之後當然還得去給警方問話，不過我剛才偷聽到，由於她剛受到驚嚇，所以明天才要正式問案。

小佐內同學拿著手機說話，她正在跟家人聯絡。

「嗯，我沒事。沒有受傷……警察很親切。他們說，明天再來問話……對不起，我要回去了。」

為什麼講得斷斷續續的？

掛斷電話以後，小佐內同學轉頭看我，一臉不忍心地說：

「小鳩，很痛嗎？沒事吧？」

我在警察趕到之前並不是無所事事地躲在一旁看戲。健吾和石和扭打在一起時，我也努力把其他四人推開，免得她們跑進來攪局，結果左眼下方吃了一記肘擊。挨打的時候痛得我眼冒金星，但是這一記是打在顴骨上，所以沒有受傷。很痛就是了。

「沒事，一點都不痛。」

這只是一般程度的愛面子吧。
「我才擔心妳咧，妳沒事吧？那些人一直在戳妳耶。」
耳光……打了幾次？我只記得她被拉頭髮一次。小佐內同學尷尬地轉開視線。
「你都聽到了……？」
「嗯。」
「其實我全身都在痛。那個人揍我肚子的時候一點都不留情。」
小佐內同學嘛起了嘴巴。
她的說法很有趣，讓我忍不住笑出來。她被人綁架還挨打，我還以為她會對那些人懷恨在心，但是她似乎完全沒有那個意思。
為什麼小佐內同學這次如此寬宏大量呢？當然，她或許只是沒有表現出來，其實心底還是記恨的，但她現在的態度輕鬆得簡直像是會哼起歌來。
我猜她會這麼想得開一定有某種理由。我還沒仔細思考過，但我對此一直耿耿於懷。
不，小佐內同學應該只是因為重獲自由而開心吧。只是因為這樣，理由很簡單。
警察正在等小佐內同學。小佐內同學轉頭瞄了一下，然後不好意思地說：
「小鳩，謝謝你來找我。我早就知道你一定會來，所以我一直盯著那個房間的門口，後來發現門打開了一點點。我心想，你真的來了。」

「妳那麼莽撞地刺激對方是因為知道我在外面嗎？」

「我沒有想到你們會衝進來……我只是想要爭取一些時間。」

我有猜到可能是這樣啦。當時小佐內同學被綁在椅子上，眼睛被瀏海遮住所以看不清楚，但我總覺得她似乎在偷窺我們這邊。我也覺得，不管小佐內同學再怎麼生氣，也不會毫無目的就向對方挑釁。

小佐內同學拍拍深藍色裙子上的灰塵，退後兩三步，然後對著一臉困惑的我深深鞠躬。

「謝謝你。」

我搔搔臉頰。

「喔喔……呃，不客氣啦。」

小佐內同學抬起頭來，然後按著自己的肚子，痛苦地皺起臉孔。

「嗚……」

「怎、怎麼了？挨揍的地方還在痛嗎？」

「那也是理由之一……」

她摸著肚子說。

「我肚子餓了。」

原來是這樣。她還沒吃午餐呢。現在都下午三點半了，吃午餐太晚了，吃晚餐又有點早。不過她等一下就要回家了。

依照我的想法，這件事用一個體貼的提議就能解決了。我笑著說道：

「妳今天辛苦了。我會去買妳愛吃的東西送去妳家。」

「咦！」

小佐內同學猛搖手。

「不、不用了，我才該向你道謝啦。」

她嘴上推辭，但表情顯然很開心。她的反應還真直接……如果平時也是這樣就好了。不對，真是那樣的話就不好玩了。

「沒關係啦，這是兩碼子事。」

「是嗎？那就……」

「來決定《小佐內精選甜點・夏季篇》的下一個目標吧。接下來是哪一個？」

小佐內同學的臉色亮了起來。她展現出所有的熱情，整個人都朝我貼過來。

「『Tinker・Linker』的水蜜桃派！那是用白桃做的，非常好吃喔！」

接著小佐內同學的笑容僵住了。

在熾熱夏日的此刻，我清楚地感覺到，我和小佐內同學之間突然降下了一股冰冷的空氣。

終章　甜蜜的回憶

1

《小佐內精選甜點‧夏季篇》的第一名是「塞西莉亞」的夏季限定熱帶水果百匯。

綁架事件已經過了兩天。

「塞西莉亞」位於一棟不算新的大樓的二樓，得從小小的門爬上一道狹窄的樓梯。我很懷疑這種地方是否真的會有好店，但這既然是小佐內同學選中的店家，應該不會太差吧。一推開玻璃門，就聽到清脆的牛鈴聲音，還有一陣清涼的空氣撲面而來。不管經歷過再多次，這涼爽的一瞬間還是令人心曠神怡。

店內的設計用了很多曲線，桌子是葫蘆形的。菜單上列出好幾種水果百匯，我被「塞西莉亞特製世界樹百匯」這誇張的名稱搞得啞口無言，接著又被夏季限定熱帶水果百匯的價格嚇到掉了下巴。這比我以前買過的任何食物都昂貴。

為了慶祝小佐內同學平安歸來，我已經說了要請客。糟糕，我有帶那麼多錢嗎？可以只買一個分著吃嗎？不行，再怎麼說，和小佐內同學合吃一客百匯也太聳動了，不是啦，是太羅曼蒂克了。可是我若只點一杯咖啡也會讓她看出我阮囊羞澀的事實，這實在太可悲了，到底該怎麼辦呢……

或許我把煩惱顯示在臉上了。小佐內同學說：

「你那份讓我請客吧，當作是你來救我的謝禮。」

真是不好意思。

水果百匯送來之前，小佐內同學一直在玩手機。我看著窗外的風景。「塞西莉亞」位於車站附近，距離南部體育館也不遠。從車站延伸出來的三夜街已經把週年慶的痕跡收拾得一乾二淨了。

「久等了，這是夏季限定熱帶水果百匯。」

隨著愉快的聲音放在桌上的水果百匯又讓我嚇了一大跳，整體的高度大概有三十公分吧，倒圓錐形的玻璃杯中盛滿了色彩繽紛的水果，其間滿滿地夾著鮮奶油、優格、果凍和玉米片。白色的鮮奶油和優格、紅色的果凍、彩色的水果總共有五層，玉米片在裡面若隱若現，形成了美麗的條紋。杯緣上方擠了一團圓錐形的鮮奶油，旁邊插著芒果、鳳梨、哈密瓜、桃子、香蕉，甚至連西瓜都有，鮮奶油山的頂點放了一顆蔓越莓和一顆藍莓。在這座山裡應該還藏著一團碗狀的冰淇淋，但小佐內同學一點都不膽怯，開開心心的拿起長柄湯匙，立刻舔起山頂的鮮奶油。

「很厲害吧！要吃這個百匯一定要做好心理準備，得先空著肚子，等渴望累積得高一點，再一鼓作氣地點下去，不然一定吃不完的……前幾天過得太辛苦了，正好可以當作給自己的犒賞。」

我已經吃過午餐了，而且我對甜食的渴望本來就比不上小佐內同學。不可能吃得完的……我像明知必敗還是得上戰場的戰士一樣悲壯地拿起湯匙。啊啊，這湯匙真的很長耶，這是為了挖到深杯的杯底而準備的吧。

「西瓜和鮮奶油比較不搭，所以祕訣就是要先吃西瓜。」

小佐內同學拿起西瓜，不管有沒有籽就直接吞下去。

小佐內同學的湯匙立刻流暢地動了起來，而我則是慢吞吞地挖著，如同攀爬陡峭的山路，不能一開始就邁足猛衝。

在《小佐內精選甜點・夏季篇》光榮登上榜首的夏季限定熱帶水果百匯當然非常美味，但我對某件事不太理解，這百匯的好吃程度和水果的好吃程度應該差不多吧，鮮奶油和冰淇淋也很好吃，但還不到令人驚豔的程度，所以只要有好吃的水果，自己在家裡應該也做得出來。

不過我若是說出這種話，鐵定會被逼著聽一個小時的甜點講座，所以我只是默默地專注於眼前的開墾工程。

小佐內同學很快就把杯子上方的部分都掃平了，然後她瞄著終於開始挖冰淇淋的我，央求似地說道：

「嘿，小鳩，靜靜地吃東西太無聊了，來聊些什麼嘛。」

聊天嗎？

好啊，那就聊吧。我把湯匙上滿滿的冰淇淋一口吞下，無視喉嚨因急速冷凍而發疼，開始說話。

「那麼，就來稍微聊一下高二的暑假是多麼地有意義吧。

我的熟人堂島健吾在這個暑假裡管了很多閒事。有一個叫川俣早苗的人被拉進了不良少女的組織，早苗的妹妹小霞跑來拜託健吾幫忙，所以他很努力地想辦法讓早苗脫離那個組織。

不過那個組織的老大是個很粗暴的人，早苗不是因為受困於現代特有的絕望孤獨感所以就算是反社會傾向的朋友還是令她看到了生活的一線曙光，而是因為被恐懼給束縛住了。健吾對她的情況完全無能為力。他的個性很會給自己找罪受，如果他將來從事幫助別人的職業，一定會因為過度付出而把自己累垮吧。不過正因他是這種個性，我才能得到他的幫忙，我若是再出言批評他一定會遭天譴的。

對了，那個老大的名字是石和馳美。

綁架了妳的那個組織的老大也叫石和馳美。我有點驚訝呢，沒想到健吾插手的閒事之中的人物竟然綁架了妳，真是令人驚訝的巧合。」

「是啊，用這種價格就能吃到品質這麼優良的哈密瓜，真是令人驚訝呢。」

小佐內同學放下湯匙，抓起一片帶皮的哈密瓜大口咬下，好像連皮都要一起吞下去。冰淇淋若是融化了會比較不方便吃，要全部吃完就更難上加難了，所以我也重新拿好湯匙挖起冰淇淋。

「……這是普通的香草冰淇淋吧。要吃冰淇淋的話，上次的『櫻庵』更好吃。

就算是巧合，也可以想想看為什麼會發生這種巧合。其實不需要我多說，這事並不是完全的巧合。正如世上不會有完全的必然，一切都是機率的問題。健吾和川俣早苗和石和馳美和妳之間是不是有什麼會造成這種結果的共通點呢？

先說健吾和妳。你們都是我的朋友。

再來是川俣早苗和石和馳美，這兩人是國中時代一起做壞事的夥伴。

川俣早苗和健吾是藉著川俣霞而連結起來的。

接著是石和馳美和妳。你們的共通點是以前都讀過鷹羽中學，川俣早苗也一樣。其實我自己也是啦。

不過本市的國中又不是多到數不清，當事人之中有三個人讀過同一所國中也不是什麼奇怪的事。

只不過，若是再加上一個巧合，那就不只是令人驚訝的巧合了。從個性來看的話。」

「你是說小市民的個性嗎？」

我苦笑著搖頭說：

「不是。綁架和鬥毆這些事，就算沒有很嚴重，也不是小市民應付得來的。」

「那你就乾脆別管啦。」

「我和妳有過約定，我不再運用自己的小聰明把別人隱藏的事挖出來，妳也不再追求復仇的快樂。

可是，對不起，我的話才說到一半，先讓我說完吧。還有，妳的下巴沾到鮮奶油了。

我的心中有一些疑惑。我們約好要去『berry berry』吃冰雪西瓜優格的那一天，是妳請客的。那天我努力破解了健吾留下的奇怪紙條，度過了一段愉快的時光。

可是健吾那天為什麼會出現在那裡？他為什麼會出現在站前的漢堡店？

健吾很清楚地告訴我，他是為了監視濫用藥物的組織。不用說，他指的當然就是石和馳美那群人。

那我為什麼會出現在那裡呢？是因為妳叫我去『berry berry』，所以我才會到車站附近。我那時有點餓，所以走進漢堡店。那個時間不早不晚，我找不到其他更適合的店家，而且等一下就要去吃冰雪西瓜優格，當然不能吃得太飽。

當時妳也在店裡，打扮得像個搖滾樂手，還戴著帽子，讓人沒辦法認出妳。當時妳為什麼會在那裡呢？

我對那天的事記得很清楚。如妳所知，我對自己的記性很有自信。

健吾留下的紙條勾起了我的興趣，所以我一直低頭看著紙條。坐在我旁邊的妳則是一直看著遠方。我本來以為那是因為妳受不了我沉迷於破解密碼的緣故，但是仔細想想，從漢堡店的櫃臺可以遠遠地看見站前的圓環。因為健吾和石和馳美在那裡，所以妳才會一直盯著。

「小佐內同學，妳那一天為什麼會出現在漢堡店呢？」

小佐內同學為什麼一片片地吃著玉米片呢？

她用湯匙挖起一塊很大的玉米片，小心地保持平衡，送到口中……啊，掉了。小佐內同學用手撿起來丟進嘴裡，然後瞄了我一眼。

「我與石和同學互相認識。如同你所說的，我們都是鷹羽中學畢業的。我知道她是個壞學生。」

然後她又拿起湯匙，深深插進玻璃杯中。

「繼續說吧。」

「妳還沒回答我的問題呢，小佐內同學。」

「沒關係，別在意。」

發問的明明是我……算了，也罷。我的湯匙也終於把冰淇淋挖完了。如果不先吃掉插在杯緣的水果，很難吃到下面的部分。我先拿起西瓜，仔細地挖去籽。

「該來談前天的事了。

妳今天的打扮是南國風格呢，是為了配合熱帶水果百匯嗎？」

她的襯衫上畫了蝴蝶在鮮豔的花間飛舞，及膝的裙子有著木頭般的花紋。她本來還戴了毛線帽，但現在已經脫掉了。明明是夏天。

小佐內同學開心地笑了。

「好看嗎？」

「還不錯。」

「真開心。」

她開心就好了。

「不過，妳被綁架的那天穿得更好看。

與其說好看，應該說看得更習慣。那套衣服很像船戶高中的夏季制服。」

「……」

嘴裡越來越甜。我拿起水來喝。

「妳放假出門的時候通常都穿得很不像妳。不對，這種說法不太準確。應該說，妳在校外的打扮通常會讓只在學校裡看過妳的人認不出來。最大的特徵就是帽子，妳經常用帽子遮住半張臉。

可是，那一天妳卻沒有戴帽子，身上穿的衣服又很像學校制服。換句話說，和妳平時在學校裡的模樣差不多。

如果只在學校裡看過妳的人想要找妳，可能就不會注意到打扮成搖滾風格的妳。像妳今天打扮成南國風格的樣子，或許也會認不出來。但妳若不戴帽子，穿著白衣藍裙，很容易就會被人認出來。」

小佐內同學豎起湯匙。

「我會在那一天被綁架真是太不幸了。我本來就是有時戴帽子，有時不戴。就是因為會發生這種事，才更該喬裝呢。」

「是啊，真不幸。」

我是不是也該從明天開始學學怎麼喬裝呢？

我咬下鳳梨，舌頭感覺刺刺的。我不太喜歡。雖然鳳梨很甜很好吃，但口感實在令人不舒服。

「妳被綁架之後還傳了訊息給我，真是令我感動啊，妳沒有向其他人求助，而是只向我求助。妳故意寫得讓人沒辦法一眼看出真正的內容，想必是怕綁架犯事後發現，會看出那是求救訊號吧。若是被她們發現妳在求救，可能會發生嚴重的後果，而且她們就算再笨，也會想到要換地點。」

我本來是這樣想的。」

我筆直地盯著小佐內同學……不過她只是專注地品味著杯子中層的芒果，讓我忍不住想要叫她仔細聽。

「……呃，我本來是這樣想的。

在南部體育館裡發現廂型車的時候，我有點疑惑。妳應該是被她們用車子綁走的，副駕駛座放了一堆雜物，可見妳是坐在後座。若是把綁架來的肉票獨自放在後座也太奇怪了，若是讓妳獨自坐在後座，她們應該要把妳綁起來才能放心。如果妳被綁住了，就沒辦法傳訊息給我了。如果妳不是獨自一人坐在後座，而是旁邊還有其他人，也一樣無法傳訊息。到了體育館之後，妳確實被綁起來了。

多花點心思的話，或許還是有辦法瞞著她們偷偷傳出訊息吧。但妳傳來的訊息是這樣的。」

我操作著自己的手機。

『對不起。請幫我買四個焦糖蘋果和一個法式可麗露。對不起。』

我把手機螢幕對著小佐內同學，她只迅速地瞥了一眼，就把視線移回手上。

「妳想要告訴我的事只有『四個焦糖蘋果和一個法式可麗露』，但是前後都多加了一句沒有必要的『對不起』。裡面沒有一個錯字，連標點符號都確實地打出來了，怎麼看都不像是遭人綁架、正在移動時瞞著綁架犯打的訊息。」

「我打字很快的，而且石和同學她們也不怎麼聰明。你覺得怎樣？」

我搖頭說：

「不太相信。」

「果然哪……」

小佐內同學歪著腦袋。她一定知道我已經猜出多少了。她明明知道，還是要我說出來。我完全不明白她為什麼要這麼做。

我只能繼續說下去。

「話說回來，妳那時為什麼會出門呢？我們早就約好要一起去吃焦糖蘋果，妳明知道我會去妳家。妳是在午前出門的，綁架犯打電話來要求贖金是在下午一點半，中間隔了一個半小時，這段時間妳出去做什麼呢？

單看這件事，我只會覺得妳是『臨時想出去買東西卻耽擱了』，但是再考慮到妳是在這個時間遭到綁架，事情就沒有那麼單純了。若是繼續追根究柢，妳一開始為什麼會叫我去妳家呢？我們之前去三夜街不都是直接在目的地集合嗎？為什麼妳要先把我叫到家裡，讓我跟妳媽媽度過一段尷尬的時光……還目睹了她接到要求贖金的電話？

小佐內同學……從十二點到一點半之間妳出去做什麼了？」

「女孩子啊……」

小佐內同學的玻璃杯裡只剩一點鮮奶油和果醬殘留在杯底。她一邊用湯匙挖著，一邊喃喃說道：

「都是有祕密的。」

「我現在就是要揭露這個祕密。雖然不是什麼愉快的事。」

說完之後我才發現，小佐內同學已經吃完整客夏季限定熱帶水果百匯了。雖然我一直在說話，但我目前只吃了不到三分之一。騙人的吧……我的看家本領是看穿謊言，不過這種速度和食欲會藏著什麼詭計呢？

小佐內同學一手拿著湯匙，盯著自己的空杯子，然後又一臉渴望地看著我這份還剩一半以上的熱帶水果百匯。

「……妳要吃嗎？」

「……不用了……」

她是吃飽了，或者只是在客套？小佐內同學有些悲傷地把湯匙放進杯子，撐著臉頰，微笑著說：

「你還要繼續說那件事嗎？」

「如果妳希望的話。」

「少騙人了，你明明不打算停下來。」

小佐內同學舉手叫服務生過來，又點了一杯紅茶。為了追回進度，我接連吃了奇異果和木瓜，又把湯匙插進海洋般的鮮奶油中。我感覺湯匙戳到了玉米片。

紅茶端上桌後，小佐內同學吹了幾下，然後喝一小口，立刻皺起臉孔，把杯子放下。小佐內同學很怕燙。

我的話還沒講完。

「妳的行動充滿了令我無法理解的事，這些人之間的關係也讓我無法簡單地接受，到處都透露著小小的詭異。

……不過跟這些事相比，有另一件事我始終都覺得很奇怪。這個暑假……其實我從第一天開始就一直覺得很奇怪。」

「奇怪？還是不滿？」

「會是哪一個呢？小佐內同學……妳一定知道答案吧，妳一定知道是什麼事讓我覺得奇怪。」

小佐內同學依然盯著杯子，小聲地喃喃說道：

「小鳩，你不相信我吧？……不，還是相信呢？」

「算是相信吧。」

「你覺得奇怪的事應該是我為什麼要找你到處吃甜點吧。」

我緩緩地點頭。

我和小佐內同學完全沒必要在暑假裡聯絡，因為我們只有互惠關係，而非互相依賴，沒必要為了見面而見面。如果小佐內同學想要到處吃甜點，大可自己去吃，不需要特地找我一起去。這一點我是相信小佐內同學的。

「妳不是因為很愉快這種理由而找我一起去的。」

「……」

小佐內同學用湯匙慢慢地攪拌著紅茶，稍微低下了頭。我的百匯已經丟著太久了。

「我的腳踏車籃子裡還放著那張地圖，《小佐內精選甜點・夏季篇》的地圖。依照我的想法，妳不該說出那句話。還記得嗎？妳把地圖交給我的時候，妳說這張地圖『會決定妳這個夏天的命運』。

事實的確是這樣，我確實是靠那張地圖破解了妳的訊息，才有辦法把妳救出來。

這只是巧合嗎？不可能的，絕對不是。妳在暑假剛開始時就已經知道了《小佐內精選甜點・夏季篇》真的會決定妳這個夏天的命運。」

小佐內同學和石和馳美之間有關係。前天她特地穿上容易被認出來的衣服，不顧已經和我約在家裡而跑出去，結果被石和馳美綁架，還在不可能傳訊息的狀態下傳了求救訊息給我。那封訊息得靠著她在暑假剛開始時給我的地圖來解讀。

把這些事全部合起來看，讓我想到了一個可能。

但我不願相信，我只想把這件事當成是可憐的小佐內同學被粗暴的石和馳美綁架了。

小佐內同學凝視著紅茶。她是在等紅茶變涼嗎？還是因為不想動？她終於生硬地說道：

「我已經把整張地圖都記在腦袋裡了，所以要在訊息裡隱藏求救信號時，我立刻就想到那張地圖。就只是這樣而已。」

她一定知道這種說詞是不可能說服我的。

但我還是想要相信，一切都只是巧合，會發生那件事只是小佐內同學運氣不好。我經常聽別人分享被捲入不幸的事件，我自己也曾經被拖下水，不過通常都只是因為碰上了令人難以置信的壞運。

所以我才會問她那句話。

「如果妳說的是真的，那天我買的就會是另一樣東西。」

「……」

「我那天說要幫妳買《小佐內精選甜點・夏季篇》的下一個目標，問妳接下來是哪一個，妳說接下來是『Tinker・Linker』的水蜜桃派，所以我買了那個給妳。可是，小佐內同學，事實不是這樣。用不著我說，接下來的應該是『村松屋』的焦糖蘋果，只有在『三夜街週年慶』才吃得到的寶貴甜點。

妳是在三點半被救出來的，應該還來得及去吃，就算自己趕不上也可以叫我幫忙買。可是妳卻毫不猶豫地回答了『水蜜桃派』，這是為什麼呢？」

小佐內同學一定當場就發現自己說錯話了。因為她發現了應該回答焦糖蘋果才不會露出馬腳，所以笑容才會僵住。

她想要隱瞞的事當然是……

「妳在前天午前出門時已經吃了焦糖蘋果吧？所以接下來的才會是水蜜桃派。那天妳已經跟我約好了要一起去吃焦糖蘋果，為什麼自己先偷偷去吃呢？

因為妳早就知道妳之後會無法自由行動，多半沒辦法和我一起去吃。妳猜想自己或許沒辦法在『村松屋』營業的時間被放出來，所以才先跑去吃焦糖蘋果。一邊等著石和馳美。

從妳三天前打電話給我約在『明天下午一點』開始，從妳打扮成搖滾風格在『berry』監視站前的情況開始。

……從暑假第一天交給我《小佐內精選甜點・夏季篇》的時候開始。

妳已經知道自己會被綁架了。」

「這麼一想，我就知道妳為什麼要找我一起到處吃甜點了。」

這段行程的最後一站——夏季限定熱帶水果百匯——遲遲沒有減少。熟透芒果的強烈甜味殘留在舌頭上，簡直令我感到鬱悶。我又喝了一點水。

「因為妳知道自己會被綁架，所以早就做了準備，讓自己就算突然被抓走也能在危急之際得救。而妳做的準備就是《小佐內精選甜點・夏季篇》。

妳照著那張地圖拉著我在木良市裡到處跑。無論是冰雪西瓜優格或宇治金時都很好吃，尤其是夏洛特蛋糕，那真是人間美味啊，雖然不是夏季限定商品。

但是，妳真正的目的並不是甜點。

妳利用照著地圖行動來加深我對《小佐內精選甜點・夏季篇》的印象，好讓我在緊急的時候能立刻想起來，而且也促使我慎重地收著地圖，否則妳送出求救訊號，我卻沒有想到《小佐內精選甜點・夏季篇》或是手上沒有地圖，那計畫就失敗了。妳是因為這樣才一直把我找出去的。

我確實被妳教得很好呢。雖然我不知道妳真正的用意，卻還是一直乖乖地跟妳出去，因此我真的把《小佐內精選甜點・夏季篇》牢牢地記在腦海裡了。」

在小佐內同學家吃夏洛特蛋糕的那一天，小佐內同學看穿我的小把戲之後非常開心地對我說「暑假要陪我喔。昨天那張清單，我從第十名到第一名都要吃到」。她當然開心，因為是我故意放水才讓她輕易地逮住了我。如果我沒有偷吃夏洛特蛋糕，小佐內同學還得辛苦地找理由約我出去。

說到開心這一點，我們去吃冰雪西瓜優格那一天經過三夜街的「村松屋」時，我問小佐內同學是不是把這間店的焦糖蘋果列入了她的甜點排行榜，她也笑得很開心，因為我對《小佐內精選甜點・夏季篇》越熟悉，就代表小佐內同學的計畫進行得越順利。

我在漢堡店破解健吾留下來的紙條時，小佐內同學雖然一直注視著外面的圓環，仍然有意無意地鼓勵我，而且我看出破解的方法和地圖有關時，小佐內同學也露出了笑容。那是當然的，因為健吾的紙條正好可以當成破解小佐內同學求救訊號的事前練習。那一天小佐內同學也自己準備了事前練習，所以才傳訊給我說「今天要去的是『la Roche』和『銀扇堂』之間的店」，不過我在她面前破解了類似的密碼，她就能更安心了。

真是被她狠狠地擺了一道。我的心中並非毫無不甘。

不過比起不甘心，我更多的情緒是迷惘。

「可是呢，小佐內同學，還有一個問題，我怎麼想都想不明白。」

小佐內同學依然攪拌著紅茶，裡面明明沒有加砂糖和牛奶。我也垂下了視線，因為我沒辦法直視小佐內同學的臉。

「為什麼妳不跟我說呢？為什麼要玩這種把戲呢？直接跟我說不就好了嗎？妳大可跟我說妳被以前認識的人盯上了，可能會被綁架，叫我到時去救妳。雖然我有時會壓抑不住自己的衝動，但我又不是石頭，只要妳跟我說，我還是可以用妳希望的方式去幫助妳。事實上，前天我去救妳時確實去得不夠快，如果再遲一點，石和馳美真的會用菸頭燙妳耶，如果我沒有破解出求救訊息，事態可能會發展成更嚴重。難道妳沒有想過，如果我沒趕上妳會發生什麼事嗎？難道妳沒有想過我的心情嗎？

為什麼妳寧可冒這麼大的危險也不告訴我？」

小佐內同學停止攪拌紅茶，喃喃地說出：

「對不起。」

只有這麼一句話。

我等著她繼續說下去。緊閉著嘴巴，靜靜地等著。小佐內同學注視著紅茶琥珀色的水面，什麼都沒說。

經過一段漫長的沉默。

……最後她終於一字一頓地說：

「對不起。你說的完全正確，我已經吃過焦糖蘋果了。

在暑假開始之前，我就知道自己會被石和同學綁架了。石和同學是個粗暴的人，我知道自己的下場一定會很慘，所以才想到要找你來幫忙。

可是，我不想要把你捲進來，如果我直說，你或許會去調查石和同學的事，如果你真的那麼做了，你一定會比我先遭殃。我是這麼想的……如果我因此傷害了你，我很抱歉……」

……我才不會做那種事咧。我碰到可疑的情況就會想要找出真相，但我可不會魯莽地跑去調查別人的事，這種事小佐內同學還比較擅長。她是因為自己會做這種事，才以為我也會做嗎？

「我有猜到，或許堂島也會一起來，我覺得你一定不會獨自前來，不是因為膽小，是因為你判斷自己一個人沒辦法達到目的，一定要找人幫忙。如果你要找人，大概也只能找堂島吧，畢竟去年發生『草莓塔事件』的時候你也找了堂島幫忙。

我確實猜到了這一點，但我沒料到你們會跟她們打起來。我讓你和堂島都陷入了危險……堂島受了傷，你也挨了揍。這一點我也得向你道歉……」

「這個是無所謂啦。」

健吾只受到了一點皮肉傷，而我已經記不得當時挨打的是左臉還是右臉了，這點小事沒必要放在心上。既然石和馳美他們打算綁架小佐內同學，動手當然是在所難免的。

「……妳和石和馳美到底有過怎樣的過節?能不能告訴我?」

我會這樣問是料定了小佐內同學會告訴我，可是她卻搖頭說：

「對不起，我不太想談。那都是很久以前的事了……」

可以想見，那當然是國中時代的事，我不認為小佐內同學立志當個小市民之後還會和濫用藥物的組織發生摩擦。我們兩人都很少談過去的事，因為我們都很清楚那些不是什麼愉快的事。既然她不想說，我也沒辦法硬逼她說。

我可以理解小佐內同學的考量。

雖然我還是無法完全釋懷，但我就算被她設計得這麼慘，心情卻還是意外地平靜。不，或許反而還有些開心。

在暑假裡，我好幾次感覺到不對勁，因為小佐內同學做了很多不像她的行為，讓我很擔心自己對她是否有著嚴重的誤解。如今我整理完整個事態，推理出那是她為了預防遭受綁架而想的策略，而她自己也親口承認了，我還是可以諒解她的。

當然，我不認為自己已經完全摸透了這個有些詭譎的女孩，不過，她果然還是一匹

「狼」啊。我露出了笑容。

算了，只要妳平安無事就好，這點比什麼都重要。

……我很想要這麼說。

但我卻說不出來。

2

我辨識問題所在的能力並不算高。若是問我「這件事是假的，其中哪個部分隱藏著謊言呢」，我一定可以輕鬆解決，如果根本不知道這事是假的，我就很難看出真相了。

不過，就算看不出來，我還是會察覺到不對勁，會有一種「哪裡怪怪的」、「難以釋懷」的感覺壓在心頭。這頂多只能說是類似直覺的感覺，但是絕對不能小看這種感覺。我能看穿綁架案是小佐內同學自行設計的，也是靠著這種直覺，以及利用《小佐內精選甜點・夏季篇》套出她的話。

如今這份直覺又在提醒我哪裡不對勁了。我本來想出言安慰，話還沒說出來又把嘴巴閉上。眼中含淚的小佐內同學歪頭看著我。

「怎麼了？」

「呃……」

「你一定不想原諒我吧？我果然還是應該先跟你商量的。」

小佐內同學的聲音聽起來好遙遠。我的意識逐漸渙散。

……整件事裡面最奇怪的就是這一點，小佐內同學為什麼知道自己會被綁架呢？

不……不對，應該說「她是如何知道的」。

她出門時都會喬裝，難道是她在路上突然看見認識的人，躲起來偷聽對方講話，正好聽到對方要綁架自己的計畫，她非常擔心，所以想了計畫，寫了一份《小佐內精選甜點・夏季篇》，想辦法讓我牢牢記住。

這個解釋聽起來有點牽強，但也不是毫無可能。不過，奇怪的不只是這樣。小佐內同學不只知道石和馳美那群人綁架她的計畫，甚至知道執行的日期和時間。她至少在三天前就知道了，否則她不會把我叫出去。她好不容易培養出我這個救星角色，如果我當天跑去泡溫泉，那就太爆笑了。

我不認為她還準備了其他的救星。小佐內同學三天前打電話給我，一再地提醒我是「明天一點」，從這件事就能看出她已經準確地掌握了對方的行動。

如果是站在路邊偷聽到的，不可能知道得這麼詳細。

不過，這是最關鍵的問題嗎？不管怎麼說，小佐內同學都是用某種手段得知了綁架計畫，無論她的情報來源是什麼，難道會影響到她事先做了防範措施的事實嗎？

我不這麼認為。怎麼想都不可能。但我依然有一種難以釋懷的感覺。整體看來沒有矛盾……但我為什麼會感到奇怪呢？

我抬起頭來。小佐內同學用有些冷淡的眼神看著沉默不語的我。

（對了……）

通往解答的道路就在這裡。

依照我的想法，這件事只要對小佐內同學懷著堅定的信心就能解決。

既然我已經重新認識到小佐內同學是如我所知的「狼」，她應該就是我所想像的那種人。我向自己問道：

Q：小佐內同學會和濫用藥物的組織發生恩怨嗎？

A：YES。現在不太會，但過去是有可能的。

Q：那麼，小佐內同學會使出什麼手段持續地探聽那個組織的情報嗎？

A：YES。小佐內同學的行動力是不容質疑的。我可以拍胸脯保證，她對這種事高明得很。

Q：那麼，小佐內同學發現石和馳美想要加害她，會先想出防範措施嗎？

A：……NO。

不會的。

小佐內同學熱愛的是「復仇」。被人傷害就要加倍討回來，這才是我認識的小佐內由紀。如果她看出對方的計畫，絕對不會只是找人來救她。若是對小佐內同學有絕對的信心，我確定她絕對不會這麼做。

Q：那麼，如果小佐內同學要向石和馳美復仇，會是以後的事嗎？還是已經做了？

「……」

原來如此，原來是這麼一回事……這件事果然還有更多的內情。

不愧是小佐內同學，我可不能把她想得太單純。我差點就相信了她說的「對不起」。

不，我不認為小佐內同學真的毫無愧疚之心，不過她講這種話只是為了讓我滿足於「小佐內同學事先知道自己會被綁架，所以準備了讓自己很快就能獲救的對策」的想法，以免我繼續想下去。

胸中的成就感在呼喚著我。

「小佐內同學。」

叩的一聲，小佐內同學把紅茶的杯子放在盤子上。她臉上的表情消失了。剛才那種因為無奈利用了我的愧疚表情已經完全消失了，如今她用深不可測、冰冷的眼神看著我。被那眼神一望，我不禁發抖。不對，我是興奮得發抖。接下來才是重頭戲。

小佐內同學用平穩的語氣說：

「怎樣？」

好啦。

「剛才我想了很多。關於妳的事情，關於妳事先知道了石和馳美那群人要綁架妳的事。我重新思索了一番。

妳的行動力讓我自嘆不如。因為我比較適合坐著思考，這方面的能力實在比不上妳。」

小佐內同學依然面無表情，抱著自己的頭輕輕左右甩動。我一時之間看不懂她是在做什麼，然後才想到這可能是她害羞的表現。裝作沒看到吧。

「不過，就算是妳也不可能靠著自己一個人就掌握石和那群人的詳細動向，畢竟妳在這個暑假的白天時間經常拉著我到處吃甜點。可是妳卻還是知道了綁架計畫的詳情，連日期時間都一清二楚。這代表著什麼呢？

……有內應。妳在石和那群人之中安排了能洩漏消息給妳的內應。

我也想過會不會是竊聽，不過妳在白天沒時間蒐集情報，我也沒聽說妳晚上會跑出去接收竊聽的訊息。我在妳家的時候倒是聽說了妳在暑假裡經常在晚上講電話。」

我注意到小佐內同學的嘴角似乎稍微揚起。那是在嘲笑我猜錯了，還是在肯定我想對方向了？我舔了舔嘴唇。

「我剛才說過，雖然我不常這麼說，但我確實相信妳。我相信我應該是很了解妳的。那麼，會怎麼樣呢？

有了內應的妳知道石和馳美要加害妳，不可能只是為了自衛的目的而訓練我。妳鐵定會打算進攻的，是吧？

那麼，妳被綁架後，我和健吾去救妳，石和馳美得到了怎樣的下場？……她被警察帶走了。她應該不只是要接受輔導，而是被逮捕，因為她當著警察的面前拿出刀子，讓一個高中男生受傷了。不用說，那只是輕傷，但傷害就是傷害，說不定連她之前濫用藥物的舊帳都會被翻出來。

最嚴重的當然還是綁架，雖然傷害罪也不輕，不過綁架完全是另一回事，這不是一點小懲戒就能了事的。我想她還不至於會被送到檢察官那裡，但肯定不會只是保護觀察，我猜多半會被送進少年看守所吧。

這樣的話，妳應該也會感到滿意吧。

妳被救出來之後，開心得像是達成了一件大事業。我想妳自己可能沒發現，妳正在期待復仇的時候不會表現出那種態度，而是會沉浸在陰暗的喜悅之中。

照這樣看來……

石和馳美因主謀綁架案而遭到逮捕和處罰，就是妳的最終目的吧……」

我感覺自己露出了微笑。

「……所以綁架案想必是妳自己策劃的。」

我緊盯著小佐內同學的表情。

「妳可以利用內應讓她們接受綁架計畫，還可以控制實行的日子，而且妳也安排了來救妳出去的人，等到石和馳美她們被逮捕，妳就滿意了。歡喜到要用『塞西莉亞』的夏季限定熱帶水果百匯來慶祝。事情難道不是這樣嗎？」

好，怎樣啊？

直接詢問真凶自己的推理是否說中。無論體驗再多次，這一刻還是令我激動得屏息。有人會驚慌，有人會發怒，甚至有人會哭出來，還有人會由衷地說「你到底在說什麼？」，雖然只有少數幾次。那小佐內同學會有什麼反應呢？

……小佐內同學輕輕地嘆了一口氣，然後用緩慢的動作啜飲了一口紅茶。她盯著我的臉，微微地笑了。

「不愧是小鳩啊。你那可笑的『小市民』稱號可不是叫假的。」

「……」

「我還以為你解決綁架案就會滿意了。我知道只要傳奇怪的訊息給你，好比用糖果引誘小孩一樣，你就會乖乖地上鉤。可是我以為你只要破解了訊息，找到犯案現場，就會滿意了。」

結果我想錯了。我是不是不夠相信你，就像你相信我那樣呢？」

小佐內同學喃喃地說著，一邊拿出手機。

「如果換成別人，應該不可能看穿到這種地步。你確實很厲害，我一直都是這麼認為的。我絕對沒辦法像你思考得這麼透徹。」

「那妳是承認囉？妳承認是妳誘導石和馳美來綁架妳的？」

我本來以為她一定會點頭。但是小佐內同學掛著那奇妙的微笑，稍微地搖了搖頭。

「咦？」

……我說錯了嗎？

「可是你畢竟不是神。你已經猜得很準了，真的非常準……我來介紹一位來賓吧，你先等一下。」

小佐內同學還是一副老神在在地說道，然後打起電話。我只能默默地看著她。小佐內同學只對手機說了一句話。

「好了，可以進來了。」

「塞西莉亞」的玻璃門幾乎是立刻打開的，女服務生的開朗招呼聲迴盪在只有我們兩個客人的店裡。

「歡迎光臨！」

走進來的是一個女生，她穿著黑牛仔褲，以及寫著「NO RIGHTS」的T恤。沒有權利？她的髮色漂得很淺，但長相溫婉，年紀和我們差不多……我沒有見過這個人。

那女孩筆直地走到我們這桌，先瞄我一眼，然後看看我面前的百匯杯子，最後傲然地俯視著小佐內同學。

「這傢伙就是麻煩人物？」

她指著我說。用手指著初次見面的人還真失禮。小佐內同學回答的語氣不知該說是公事公辦還是不悅。

「是啊。不過我們已經敞開來談了。」

「這樣啊。那就好。」

小佐內同學稍微動了動手指，比著我說：

「我來幫妳介紹。這位是我的朋友小鳩，這次的計畫讓他添了不少麻煩。」

然後她看著我，簡短地說：

「小鳩，這位是川俣。」

川俣？

……她就是川俣早苗？就是健吾想從石和馳美的組織裡救出來的女學生？冰冷地拒絕了健吾幫助的那個女生竟然和小佐內同學在一起？我只知道健吾和川俣、川俣和石和、石和與小佐內、小佐內和健吾之間有連結，沒想到川俣早苗和小佐內同學之間也有連結。

這兩人認識彼此絕對不會只是巧合。我大概猜得出來了。原來是這樣，這次的事件其實是小佐內同學、川俣早苗、石和馳美三人的關係所引發的，堂島健吾才是意外攪和進來的人。

「等一下，由紀！不要隨便把我的名字說出去啦！」

川俣尖聲叫道，把手插進牛仔褲的口袋。她拿出來的是一個錄音機。

「總之這個就交給妳處理。記好了，我跟妳之間沒有任何關係喔！」

「我知道。掰啦，早苗，祝福妳平安無事。」

川俣聽到小佐內同學這句話就哼了一聲，從端水過來的女服務生的身邊走過，伴隨著沙沙的腳步聲離開了「塞西莉亞」。

錄音機放在桌上，小佐內同學露出奇妙的微笑。她輪流望向錄音機和我，以一種不同平日風格的動作聳了聳肩。

「就是這麼回事。」

3

「我告訴你吧，小鳩。那個……」

「先等等。」

我忍不住叫道。

新的材料出現了。有重新思考的價值。錄音機。裡面應該放著錄音帶。錄音帶。聲音。錄下來的聲音。這件事哪個部分和聲音有關？此外，和聲音有關的東西。我正在看著。對了，是那個東西。為什麼我會疏忽呢？事情不是很清楚嗎？既然那個東西在那裡，剛才的解釋……「小佐內同學利用內應引導石和馳美實施綁架計畫」不就錯了嗎？

我死命地思考，死命地把隱約抓到的真相化為言語。不過小佐內同學看到我這樣子卻笑了。

「什麼先等等……小鳩，我們又不是在下將棋。」

「……」

「這也不是在下西洋棋、圍棋、雙陸棋、迦南拓荒者遊戲，或是蘇格蘭警場遊戲。還是說，你想要自己來說明？」

「小佐內同學……」

「事情已經結束了，根本沒必要破解什麼。……不過，是我要你說的，所以你想說的話我還是會聽的。但我還是先為你簡單地整理一下吧。

沒錯，我有一個內應，跟你說的一樣，如果不是這樣，我不可能掌握綁架計畫的詳細內容。川俣早苗就是我的內應，她幫了我很大的忙。」

健吾試著說服川俣脫離石和等人的組織，川俣卻拒絕了。我聽到這件事時就覺得有點奇怪了。我只聽過健吾的轉述，總之川俣是這樣說的：「礙事」。

我本來以為川俣說的是「很煩」，但健吾堅稱她說的是「礙事」。健吾是礙了她什麼事？

當時他們談的是要脫離石和的組織……健吾叫川俣脫離石和的組織是礙了她的事。健吾和川俣早苗談過話之後，石和馳美那群人就被逮捕，組織就此潰散。

是小佐內同學……

「小佐內同學，是妳幫助了川俣早苗吧？」

「幫助？不是的，是她幫助了我。早苗跑來威脅我說石和對我懷恨在心，準備在這個暑假裡把我抓起來，好好地折磨我。

我在國中時幫助過早苗，就像堂島做過的一樣，我幫早苗擺脫了石和她們那個磕藥的組織，結果導致石和她們被抓去輔導，總之早苗因此順利脫離了她們。

不過，一年左右的保護觀察期結束後，石和她們開始搜索告密的人，早苗立刻跑去巴結她們，說不是她告密的，但還是遭到懷疑，所以她威脅我再次幫她脫離，否則就要把我出賣給石和。

……我心想她們遲早會發現那件事和我有關，因為我沒有做得很隱密。當時的我想得還不夠周到。一旦石和知道了是我告密的，我可以想像她會怎麼對付我。

所以我就要求早苗幫我的忙。」

小佐內同學的手放開茶杯，指著錄音機說：

「小鳩，你已經知道裡面是什麼了吧？」

這個問題用一句話就能回答，但我還是得加上多餘的說明。就算到了這個地步，我還是忍不住要解釋自己是怎麼發現的，真是太遜了。

「……我在南部體育館看到了一輛車，應該是用來綁架妳的廂型車。我在後座看到一張棒棒糖的包裝紙，還在副駕駛座找到了類似變聲器的機器。當時我只想到，這是妳被關在這地方的證據。

不過仔細想想，事情有些奇怪。妳媽媽說打電話來要求贖金的人『聲音很奇怪，好像是透過機器發出來的』。對方用了變聲器。既然如此，變聲器不可能丟在車上，而是該帶在身邊，才能隨時打電話。我也不認為這是因為她們準備了很多個變聲器。既然變聲器留在車上，我應該要注意到這個東西是石和她們把妳抓到體育館之後就用不著的。

石和她們不需要變聲器，這就代表打電話去要求贖金的並不是她們。換句話說，她們綁架妳並不是為了用妳交換贖金。

那麼，電話是誰打的呢？不是石和她們，而妳正被人綁架……所以應該是川俣早苗吧。」

小佐內同學輕輕點頭，伸手按下錄音機的播放鍵。用機械改變過的低沉聲音傳出。

『這是小佐內由紀的家吧？給我安靜地聽，否則你會後悔的，我只說一次……你家女兒給我們製造了很多麻煩，我們已經抓住她了。想要她平安回家也可以，不過你們得付錢，就五百萬圓吧，我們拿到錢就會放她回去。聽明白了吧，我會再打電話來的。』

啪的一聲，小佐內同學按下停止鍵，然後把錄音機拿到面前。

「我們事先想好劇本，錄了這段聲音。」

「為什麼要這樣做？」

「這是為了避免正式上場時一時心慌說錯話……我用這個理由叫早苗錄了音。早苗還真可憐啊，她乖乖地錄了這段聲音，還把錄音帶交給了我。她應該先想清楚的。」

小佐內同學的語氣與其說是同情，更像是譏諷。她的冰冷態度讓我冒起一股罕見的情緒，我不禁叫道：

「所以事情是這樣的吧，妳設計讓石和馳美綁架妳，還想好了防範措施，藉著《小佐內精選甜點・夏季篇》利用了我。光是這樣妳還覺得不夠。如果石和馳美只是因為綁架監禁而被逮捕，妳是不會滿意的。

所以妳準備了要求贖金的錄音，又在打電話要求贖金時把我約到妳家。除了綁架監禁之外妳還幫她們加了一條罪名……把她們的罪狀提升到擄人勒索！」

我簡直有些頭暈。因為我親眼目睹了要求贖金的場面，所以我深信這是一樁綁架案，就算我在一開始和中途發現小佐內同學的行為有些可疑，我對於石和馳美的組織綁架了小佐內同學這件事的認知還是沒有動搖。

但是，石和她們並沒有綁架小佐內同學。就算她們強拉監禁又施暴，那也不是綁架。

更準確的說法是，她們並沒有要求贖金。是小佐內同學故意加油添醋，害得她們罪加一等，就像是把撲克牌的三條變成了鐵支。

……「綁架」小佐內同學的人就是小佐內同學自己。

小佐內同學沒有半點愧疚的態度，她沒有試圖開脫，也沒有裝傻，而是笑逐顏開地說：

「是啊，你終於猜對了，小鳩。」

我咬著嘴唇低下頭去。我確實很懊惱，懊惱到幾乎頭暈，但是……小佐內同學不知道是如何看待我的沉默，還是用格外開朗愉快的口吻說：

「不用擔心，不會被發現的。石和那個組織的成員都只是被她硬拉進去的，根本不信任彼此。我被她們帶走後，她們就連要怎麼處置我都達不到共識。如果被逮捕的所有人都一致咬定『我們之中沒有人打電話去要贖金』那就麻煩了，但這是不可能的，現在她們每個人一定都在想『說不定是某某自作主張去要贖金』，因為我也唆使早苗灌輸給她們『如果綁架了小佐內說不定可以撈到一筆』的想法。

此外，警方調查北条的廂型車時找到了變聲器，那當然是我叫早苗帶進去的。石和她們看到這個突然出現在車上的玩具就上鉤了，有時拿起來玩，玩膩了就丟在車上。也就是說，變聲器上有她們每一個人的指紋。

她們之中沒人知道變聲器是早苗放在那裡的，所以鐵定會互相猜忌，懷疑是某人帶來的。

就算這些事全都被揭穿了也無所謂，因為我讓早苗以為這些計畫是她自己想出來的。而且我的手上……」

她摸了摸錄音機。

「還有這個東西……這是早苗打電話去要贖金時用的錄音帶，我只是受到早苗的威脅，只是一隻可憐的小羊。」

小佐內同學說出這番話的時候有些得意，像是在炫耀自己找到的好吃甜點。我忍不住說道：

「小佐內同學，犯罪可不是甜點喔。」

「咦……」

「若是冤罪就更嚴重了。」

沒錯，如果小佐內同學的計畫成功，石和馳美等人就得背負自己沒做過的罪名。她們不完全是無辜的，監禁小佐內同學確實是出自她們的自由意志，這百分之百是犯罪行為。不過，她們明明沒有勒索卻要被冠上勒索的罪名就是另一回事了……這就叫做冤罪。

「過去妳動不動就破壞約定，我們明明約好要當個小市民，但妳還是經常沉溺於早就應該遺忘的執著復仇之中。我並不想為此責怪妳，因為我也經常做出類似的事。

可是，小佐內同學，這次妳真的太超過了。就算是妳煽動石和馳美她們綁架妳，如果她們付諸實行，那就是她們自己的錯。可是這次……妳是讓她們背負了自己沒有犯過的罪。這樣不行，這是在說謊。小佐內同學，我雖然很佩服妳，但我認為妳過人的觀察力和行動力和深謀遠慮並不是用來誣陷別人的。」

我的聲音變得更加激昂了。

「而且妳還為此利用了川俣早苗，利用了堂島健吾，還利用了我，我們等於是在幫妳騙人。

這樣太過分了，小佐內同學。我不知道妳和石和馳美那群人有多大的恩怨，但妳的所作所為說得再好聽還是卑劣的謊言……妳是個騙子。」

小佐內同學眨了眨眼，在短暫的一瞬間，她的眼神徬徨得像隻兔子，但她隨即凝視著我，稍微低下頭。

「我是個騙子……？」

「是的。」

小佐內同學抬起頭，直視著我的眼睛。沒戴帽子的短髮女孩。從國中三年級的夏天一直和我在一起的小佐內同學。我至今看過她各種表情，包括開心的表情，生氣的表情，還有謀畫事情的表情。

但是我從來沒有看過小佐內同學現在的表情。她好像在笑，然而慢慢移開視線的她所露出的笑容卻是冷冷的。應該說，好像有些寂寞，又有些疲憊。

4

「是啊，我是個騙子。我騙了你，也騙了堂島，說好要成為小市民的約定也沒有遵守。不過，你也是個騙子。嘿，小鳩，你沒發現嗎？你不斷地指控我的時候看起來非常愉快呢。動起腦筋、無論多麼細微的線索都不會漏掉的小鳩真的是生龍活虎啊。說什麼不想再推理，根本是騙人的。你說要當『小市民』也是騙人的吧。」

「這個……」

我自己也知道，不過我們不是約好了不這樣說的嗎？雖然個性很難改變，不過只要真心想要改變的話……

不，我才不想改變。我簡直就是樂在其中。夏洛特蛋糕那一次也是，健吾的紙條那一次也是，就連小佐內同學被綁架的時候也是。而且，無須贅言，此時此刻也是。

就算被指責是騙子，我也無話可說。

小佐內同學以不屑的語氣說：

「那個也是謊言，這個也是謊言。大家都說我和你在交往，這也是謊言。大家都說我在學校很乖巧，說你是笑容滿面的親切人物，一樣是謊言。我就算在家裡還是會說謊，你一定也一樣吧。

一切的一切都是謊言……說我們是『狐狸』和『狼』想必也是謊言吧，你看看你還被我騙得團團轉，根本就不是那樣嘛。

如果我只是看石和那群人不順眼，我大可像你說的一樣誘導他們來綁架我，那我為什麼還是選擇了這種做法？你一定不明白吧。你根本就不想明白。其實我才不想做這種事。如果石和她們沒有強拉我，我也不打算這麼做，我原本是想放棄綁架計畫的，我才不會故意讓自己陷入危險。你以為我選擇了石和她們真的綁架我才會啟動的罪名升級計畫，真的只是渴望復仇嗎？」

小佐內同學被籠罩在玻璃窗照進來的夏日陽光中，抱緊了自己。

「我真的很害怕。不管再怎麼虛張聲勢，被打還是會痛，受傷還是會留下疤痕。如果石和真的想要對我下手，我一定要盡可能地讓她遠離我，我要讓她消失在我面前，就算只有一年或半年都好，所以我才讓她變成了『綁架犯』。我讓自己陷於險境，任人宰割，因為我若不這麼做才會更危險。就算我是在騙人，也是為了遠離可怕的人……

你說過你相信我。我現在也相信你，我相信你絕對無法理解我的害怕，因為你只會思考，不會對別人的心情感同身受……這點我也是一樣的。

而且我也依然是我。我的計畫竟然被你完全看穿了。如果我們不是那麼聰明的『狐狸』和『狼』，如果我們想要成為『小市民』也是謊言，那我們到底算什麼？你知道嗎？」

如果我明明不是「狐狸」卻以為自己是「狐狸」，還宣稱要成為「小市民」，而且連這份宣稱都是謊言……

這一切簡直就像棉花糖，外表是蓬鬆碩大的甜美謊言，其實只是一小撮砂糖。

我們到底算什麼?我當然知道啊，小佐內同學。她緩緩動起嘴脣。

「只不過是兩個驕傲的高中生罷了……」

「嘿，小鳩，我們繼續在一起也沒意義了吧。」

如果不是我想太多，小佐內同學的語氣之中似乎帶著一絲悲傷，卻又沉著得感受不到情緒。

小佐內同學的雙手萬分珍惜地捧著錄音機。她簡直像是在跟錄音機說話似的，繼續說道：

「我一直在想，我們的約定原本是為了幫助彼此成為『小市民』，為了讓彼此不要捲入麻煩，過著平凡的日常生活，你可以把我當成擋箭牌，我也可以把你當成擋箭牌。為了讓我們都不會再被任何人批評是怎樣怎樣的人……國中時代的我們認為這個約定是必要的。事實上應該也是這樣。

可是，已經夠了。我們在船戶高中只被大家當成一對普通的情侶，就算有人在國中就認識我們，過了兩年以後也不會再說什麼了。

更重要的是，我們想要成為『小市民』的目標根本是謊言，雖然我們嘴上說要成為小市民，卻又堅信自己其實不是這種人。一方面說著若不成為小市民會很辛苦，另一方面卻又不是真心想成為小市民……如果我們繼續在一起，永遠都擺脫不了這種情況，不是嗎？」

我靜靜地點頭。

「是啊，我也發現這一點了。我和妳在一起的時候特別喜歡扮演偵探，就算沒有材料，我都會想辦法自己找出來……這只能說是我在依賴妳。」

「我也太依賴跟你在一起時的安心感了。不過，就算是這樣也無所謂，就算我們在一起不能真的幫助彼此成為小市民，若是我們能把這種自傲當成兩人之間的祕密，那也不是壞事。」

這種情況實在太令人反感了。我和小佐內同學一邊認定自己與眾不同，一邊卻又若無其事地過著平凡的高中生活……可是，我沒辦法否認這就是我們的現狀。如果這樣能讓我們覺得喜悅，就算只是竊喜也沒什麼不好的。可是……

「可是，小佐內同學，我們並不是為了這種理由而在一起的。」

「是啊，我們在一起只是為了彼此的方便。你在這個暑假裡雖然充滿疑惑，還是陪著我到處吃甜點，這都是因為我們的約定。你是因為覺得我有特別的理由才來的，雖然你明明不喜歡吃甜食。」

那是因為我們有著互惠關係……而不是互相依賴的關係。

「的確，跟妳在一起的時候，我經常在猜測妳究竟在想什麼。但我沒有任何線索，只能認為妳大概真的只是想吃甜點，那種時候真的很不舒服。」

「我看到你乖乖地跟我出去時雖然開心，在我的心底卻一直思索著該怎麼更有效地讓你把地圖牢牢記住……這件事也讓我很不舒服。」

沉默。

我在心中思索著小佐內同學的提議。我們那句「小市民」的口號已經用不著了嗎？

我並不這麼認為。如果我和小佐內同學稍微放鬆自制力，我們過不了多久又會被人指指點點的了。我直到現在還是覺得那種情況很痛苦。小佐內同學說我們在一起不能真的能幫助彼此成為小市民，這並不是真的。

那麼，我藉著和小佐內同學在一起來增加自制力、來避開自制力受到考驗的狀況，這個方法已經不適用了嗎？

或許吧，有時我是因為和小佐內同學在一起才會去解謎。既然我會有這種傾向，小佐內同學和我在一起時才會謀畫復仇也是很合理的事。這樣看來，我和小佐內同學的關係已經開始扭曲了。

……其實我早就發現了。

雖然我和小佐內同學的意見有些出入，但都做出了類似的結論。

「我並不認為我們在一起是沒有意義的。」

小佐內同學倒吸了一口氣。我繼續說道：

「不過，我們在一起的效果的確漸漸變差了。所以妳的想法確實有道理。」

聽到我的回答，她輕輕嘆氣，搖了搖頭。

「……你果然這樣回答我了。」

「我不得不這樣回答啊。」

「不，我不是說你回答的內容，而是方法。

小鳩，我剛才提的是分手。如果你覺得分手這個詞是情侶之間在用的，也可以改成解除關係。你應該明白吧，如果我一直這麼想，為什麼拖到今天才提出呢？」

我想都不用想。

「因為妳在解決石和馳美之前不能把我甩掉。」

「是的。你不覺得我這樣很自私嗎？你明明還很不滿我誣陷了石和。」

「當然啊，因為妳報復石和的手段是不合法的。可是我並不會為了妳利用我這件事而生氣。」

在回答時，我的腦袋漸漸冷靜下來。

這明明不是該冷靜的場合。小佐內同學也很冷靜。她如小學生一般的稚嫩臉上浮現了冷笑。

「看吧，就算我單方面地提出分手，我們也吵不起來。我們只會平靜地思索，判斷這樣是否正確、是否妥當，既不會生氣，也沒有一絲的傷心。只要跟你在一起，繼續保持這種情況也無所謂。

……但我們不可能永遠在一起的。

今天，我做完了從國中時代留到現在的作業。我覺得這正是個好機會。」

是啊。

我和小佐內同學在一起畢竟只是過渡期的一個策略。

來下結論吧。

「我知道妳的意思……我們分開吧。」

我不知道該怎麼形容小佐內同學聽到這句話的反應。她閉上眼睛，然後睜開，眼角落下了一滴淚珠。小佐內同學提出了合理的提議，而我接受了商量的結果，只不過是這樣，根本沒什麼好難過的。小佐內同學不知為何對我這樣說：

「……對不起，小鳩……」

5

我一個人被留在「塞西莉亞」。

小佐內同學自己先走了。在這個暑假裡，我們應該不會再見面了。等到第二學期開始，我們就會恢復成同年級的同學。如此而已。

要當小市民的話，我一個人去當就行了，小佐內同學對我來說並非不可或缺。說到底，究竟有誰是不可或缺、無法取代的呢？

不過我覺得小佐內同學有些過分了。有著小學生般的身高和稚嫩童顏，去電影院可以只買半票，實際上已經是十六歲高中生的小佐內由紀背對著我喃喃說了：

「可是，跟你到處去吃甜點……其實還挺開心的。」

根本沒必要說這句話。這句話是多餘的喔，小佐內同學。既然要撒謊，就做得專業一點，不該說的話就要留在心底嘛。

我就不會犯這種錯。我沒有把「我也覺得很開心」說出口。

事件結束，簾幕拉下，演員也走了，留下的只有小鳩常悟朗，以及逐漸西下的夏季太陽和剩下一半的夏季限定熱帶水果百匯。我把長湯匙插進杯中，舀起融化摻雜在一起的粉紅色液體放進口中。

「嗯……」

好難吃。

好甜。太甜了。簡直難以下嚥。我的胃頓時收縮，胸口揪緊。我用紙餐巾按在嘴上，咬緊牙關忍受著噁心的味道。

真難吃。難吃到了極點。

……在那天之後，我沒有再吃過水果百匯。

石和馳美被關進少年看守所了，正確的罪名沒有公開。地區版的報紙只是稍微提到了小佐內由紀的綁架案，上面寫著石和等人綁架了「有過糾紛的夥伴」，我不知道被視為

「夥伴」的小佐內同學做何感想。堂島健吾和川俣霞在交往的事也不再隱瞞了。

現在我光是看到咖啡廳菜單上的百匯照片就會想起先前的回憶。那甜美的回憶源源不絕地湧出，燒灼著我的心，使得我沒辦法再吃水果百匯。

逆思流

夏季限定熱帶水果百匯事件

（原名：夏期限定トロピカルパフェ事件）

作者／米澤穗信　譯者／HANA　封面插畫／左萱
榮譽發行人／黃鎮隆
執行長／陳君平
協理／洪琇菁　國際版權／黃令歡、梁名儀
執行編輯／呂尚燁　美術編輯／方品舒
企劃宣傳／楊玉如、洪國瑋、施語宸
發行／英屬蓋曼群島商家庭傳媒股份有限公司城邦分公司　尖端出版
台北市中山區民生東路二段一四一號十樓
電話：（〇二）二五〇〇－七六〇〇（代表號）
傳真：（〇二）二五〇〇－一九七九
中彰投以北經銷（含宜花東）／楨彥有限公司
電話：（〇二）八九一九－三三六九
傳真：（〇二）八九一四－五五二四
雲嘉經銷／威信圖書有限公司　嘉義公司
電話：（〇五）二三三－三八五二
傳真：（〇五）二三三－三八六三
南部經銷／威信圖書有限公司　高雄公司
電話：（〇七）三七三－〇〇七九
傳真：（〇七）三七三－〇〇八七
香港總經銷／城邦（香港）出版集團有限公司
香港灣仔駱克道193號東超商業中心1樓
電話：（八五二）二五〇八－六二三一
傳真：（八五二）二五七八－九三三七
E-mail：hkcite@biznetvigator.com
馬新經銷／城邦（馬新）出版集團　Cite(M)Sdn.Bhd.
E-mail：Cite@cite.com.my
法律顧問／王子文律師　元禾法律事務所
台北市羅斯福路三段三十七號十五樓
二〇二二年四月一版一刷

■中文版■

郵購注意事項：
1. 填妥劃撥單資料：帳號：50003021戶名：英屬蓋曼群島商家庭傳媒(股)公司城邦分公司。2. 通信欄內註明訂購書名與冊數。3. 劃撥金額低於500元，請加附掛號郵資50元。如劃撥日起 10～14日，仍未收到書時，請洽劃撥組。劃撥專線TEL：(03) 312-4212 ・ FAX：(03) 322-4621。E-mail：marketing@spp.com.tw

國家圖書館出版品預行編目資料

夏季限定熱帶水果百匯事件 /
米澤穗信 著 ; HANA譯 . --初版.
--臺北市：尖端出版, 2022.04
面 ; 公分.--(逆思流)
譯自: 夏期限定トロピカルパフェ事件
ISBN 978-626-316-670-7(平裝)

861.57 111001835